中俄文学互译出版项目·俄罗斯文库　　少年文学丛书

Новый год в 7 «А»

七年级一班的新年

〔俄〕安德烈·日瓦列夫斯基　叶甫根尼娅·帕斯捷尔纳克　著

金美玲　译

中国国际广播出版社

《中俄文学互译出版项目·俄罗斯文库》由中国国家新闻出版广电总局和俄罗斯出版与大众传媒署批准,中国文字著作权协会和俄罗斯翻译学院负责组织实施。

安德烈·日瓦列夫斯基（1967— ），
作家，生于白俄罗斯。著有多部小说、
剧作，与其他作家合著的作品曾多次
获得红帆奖、凤凰奖等文学奖。

叶甫根尼娅·帕斯捷尔纳克（1972— ），
作家，生于白俄罗斯。多与安德烈·日
瓦列夫斯基进行共同创作，作品曾被改
编为电影。

序　言

赵振宇

　　"一个人其实永远也走不出他的童年"，著名儿童文学家、国际安徒生奖获得者曹文轩先生曾这样写道。另一位国际安徒生奖获得者詹姆斯·克吕斯则说："孩子们会长大，新的成年人是从幼儿园里长成的。而这些孩子会变成什么样，在某种程度上取决于那些给他们讲故事的人。"儿童文学在个人精神成长中所扮演的角色至关重要，可以说，它为我们每个人涂抹了精神世界的底色，长久影响着我们看待世界的方式。

　　中国本土现代意义上的儿童文学的产生和发展，在很大程度上得益于五四以来对外国儿童文学的大量译介和广泛吸收。无数优秀的外国儿童文学作品，经由翻译家之手，克服语言和文化的重重阻隔漂洋过海而来，对几代国人的精神世界产生了不可磨灭的影响。其中，俄苏儿童文学以其深厚的人文关怀、对儿童心理的准确把握以及充满诗情画意的语言滋养着一代又一代中国读者的心灵。亚历山大·普希金的童话诗、列夫·托尔斯泰的儿童故事、维塔利·比安基的《森林报》等作品，都曾在中国的域外儿童文学翻译史上留下浓墨重彩的一笔。

苏联解体后，俄罗斯社会、经济和文化等方面均发生了天翻地覆的转折与变迁，相应地，俄罗斯的儿童文学也进入了全新的发展时期。在挣脱了苏联时期"指令性创作"的桎梏后，儿童文学走向了商业化，也由此迎来了艺术形式、题材和创作手法上的极大丰富。当代杰出的俄罗斯儿童文学作家不仅立足于读者的期待和出版界的需求进行创作，也不断继承与发扬俄罗斯儿童文学自身的优良传统。因此，一批优秀的儿童文学作家和作品得以涌现。

回顾近年来俄罗斯儿童文学在中国的出版状况，我们可以清楚地看到，对当代优秀作品的译介一直处在零散的、非系统的状态。我们在"中俄文学互译出版项目·俄罗斯文库"的框架下出版这套《少年文学丛书》，就是为了改变这种状况，希望能以一己微薄之力，将当代俄罗斯最优秀的儿童文学作品介绍给广大中国读者，以期填补外国儿童文学译介和出版事业的一项空白，为本土儿童文学的创作和研究拓展崭新的视野，提供横向的参考与借鉴。

本丛书聚焦当代俄罗斯的"少年文学"。少年文学（подростково-юношеская литература）是儿童文学的重要组成部分，一般指写给13—18岁少年阅读的文学作品。这个年龄段的少男少女正处于从少年向成年过渡的关键时期，随着身体的逐渐发育和性意识的逐渐成熟，他们的心理也发生了较大的变化。他们渴望理解和友谊，期待来自成人和同辈的关注、信任和尊重，对爱情怀有朦胧的向往和憧憬，在与成人世界的不断融合与冲撞中开始逐渐形成自己的人生观与价值观。这是个"痛并快乐着"的微妙时期，其中不乏苦闷、痛苦与彷徨。因此相应地，与幼儿文学和童年文学相比，少年文学往往在选材上更为广泛，在人物形象的塑造上更为立体丰满，在反映现实生活方面也更为深刻真实。

需要特别指出的是，少年文学的受众并不仅限于少年读者。真正优秀的少年文学必然是雅俗共赏、老少咸宜的，成年读者也能够从中学习与少年儿童的相处之道，得到许多有益的人生启示与感悟。

当代俄罗斯少年文学有几个新的特点值得我们加以注意：

首先，在创作题材上，创作者力求贴近当代俄罗斯少年的现实生活，反映他们真实的欢乐、困惑与烦恼。许多之前在儿童文学范畴内创作者避而不谈的话题都被纳入了创作领域，如网络、犯罪、流浪、性、吸毒、专制等。在某种程度上，这也是苏联解体后混乱无序的社会现实在儿童文学领域的一种投射。许多创作者致力于描绘少年与残酷的成人世界的"不期而遇"以及由此带来的思考与成长，并为少年提供走出困境的种种出路——通过关心他人，通过书籍、音乐、信仰和爱来摆脱少年时期的孤寂、烦恼和困扰。

其次，在创作方法上，许多当代俄罗斯儿童文学作家勇于突破苏联时期的社会主义现实主义传统，对传统的创作主题进行反思，大胆运用反讽、怪诞、夸张、对外国儿童作品的仿写等多种艺术手法进行创作，产生了一大批风格迥异的作品。在人物塑造方面，众多创作者致力于塑造与众不同、特立独行的少年主人公形象，力求打破以往的创作窠臼，强调每个人物的独特之处。

此外，作家与读者的交流方式也发生了巨大的变化，部分作家借助自己的博客、微博、电子邮件等与读者直接进行交流，能够及时地获知读者的评价与反馈，从而在创作活动中更好地反映现实中的问题，满足读者的需求。

本丛书收入小说十余篇，均为近年来俄罗斯优秀的少年文学作品，其中多部作品曾经在俄罗斯国内外大赛中取得优异成绩，一些脍炙人口的上乘之作（如《加农广场三兄弟》等）还曾被改编为电视连续剧。这套丛书风格多样，内容也颇具代表性，充满丰沛瑰丽的想象、对少年心理的精确洞察和细致入微的描绘，相当一部分作品还深入浅出地介绍了一些专业知识（如《斯芬克斯：校园罗曼史》中的埃及学知识，《无名制琴师的小提琴》中的音乐知识，《第五片海的航海长》中的航海知识等），具有极强的可读性，足以让读者一窥当今俄罗斯少年文学发展的概貌。

本丛书由北京大学外国语学院俄语系 2013、2014 级研究生翻译，力求准确传达原作风貌，以传神和多彩的译笔带领广大读者体会俄罗斯少年的欢笑与泪水，感受成长的快乐与痛苦，以及俄罗斯文学穿越时空的不朽魅力。

主要人物

（括号内为小名或爱称）

男：

帕维尔（帕什卡、帕弗里克、帕沙）·拉多姆斯基

尼基托斯（尼基塔）·普列皮亚欣

洛普霍夫（洛普赫）

基里尔（基留哈、基鲁哈）·列宾

维克多（维季卡、维杰奇卡）·德罗贝舍夫

亚历山大（萨沙、萨什卡）·基列耶夫

弗拉基米尔（沃罗佳、沃罗季卡，文中被男同学误叫作弗拉季克）·罗日科

阿尔乔姆（乔玛、乔梅奇）·别洛祖波夫

女：

米拉（米尔卡、米尔、米洛奇卡）·基斯里岑娜

塔吉雅娜（塔尼娅、塔尼卡、塔纽哈）·洛帕欣娜

波琳娜（波柳莎、波琳卡、波莉卡）·科瓦廖娃

列拉（列罗奇卡、列日卡）·杰米多娃

伊琳娜（伊莉莎、伊拉、伊尔卡）·布雷列夫斯卡娅

玛莎·伊万诺娃

柯秀莎（柯秀哈）

卡佳（卡季卡）

达莎（达什卡）

娜斯佳（娜斯坚卡）

·目 录·

七年级一班的新年

七年级^①一班的同学们一窝蜂涌进了大厅。他们个个跺着脚，想抖掉沾到鞋上的雪，使得存衣间门口顿时变得拥挤了起来。女孩们继续着她们的细声尖叫和窃窃私语，把镜子前围得水泄不通。被要求摘下大衣帽子的男孩们又把穿在里面的帽衫的帽子扣到了头上，而后便以一副玩世不恭的神情顺着墙面站开，个个低头玩着手机。

"都存好大衣了吗？"波琳娜·亚历山德罗夫娜高声问道。

"存好了。"传来了不和谐的多声部合唱。

"那我们上楼吧！"班主任老师兴高采烈地把这群散漫的孩子领到了新年晚会的现场。

女孩们像鸟笼里的鹦鹉一般叽叽喳喳个不停。

"天啊，快看快看！基斯里岑娜穿了恨天高……"

"不知道他们会不会放民谣？"

"你要民谣干什么，莫非是想邀请你的维杰奇卡一起跳舞？"

"你瞧洛帕欣娜穿着什么来啦！带星星图案的裙子，好像在幼儿园一样！"

男孩们像男子汉一样故作严肃地迈着台阶，双手插着兜，头也不抬一下。大伙蜂拥进了礼堂。

"孩子们，你们好！"

---

① 俄罗斯的中小学普遍合在一起，共有十一年级。（以下均为译者注）

　　七年级一班的同学们在门口停住了脚步，一头雾水地看着这个年轻漂亮的雪姑娘。她站在那里露出了灿烂的笑容，明晃晃的聚光灯打在她的身上，不停地变换着颜色。

　　"孩子个头！"拉多姆斯基气冲冲地说。

　　"帕维尔！"时刻警惕着的班主任立刻制止了他，"讲话要文明！"

　　"请进吧，亲爱的客人们！"雪姑娘接着说道，"严寒老人①已经在路上了，趁他还没到，让我们一起玩吧！"

　　班主任赞许地点点头，消失在了走廊的那头。看来，这个雪姑娘让她颇为满意。

　　"她们这是怎么回事，脑子进水了吗？"米尔卡饶有兴致地看着雪姑娘，仿佛看着幽灵一样。

　　音响里源源不断地传出了欢快的儿童歌曲，雪姑娘一把抓住了波琳娜的手，而波琳娜则抓住了洛普赫的，洛普赫反射性地抓住了维季卡的，维季卡抓住了塔尼卡的……七年级一班的同学们还没缓过神来，就被莫名其妙地拉到了轮舞②里。他们的脸上露出了惊恐和绝望的神情。

　　雪姑娘仿佛一辆有着惊人拉力的坦克，拉着整排的人前进着。

---

①　俄罗斯传说中的"新年老人"，新年时为人们送去祝福，类似欧美国家的圣诞老人。雪姑娘为严寒老人的助手。

②　又称环舞、圆圈歌舞，斯拉夫民族的一种民间集体舞，大家围成圈边歌边舞。

她极其敏捷地在人群中穿梭着，把人群拧成了一条蛇形曲线。

"哇塞，真棒！哇，好样的！"她欢呼雀跃地奔到了舞台那里。

"现在我需要三个强壮、敏捷又不惧怕困难的男生。"

男生们都不约而同地后退了一步。

"我就知道你肯定答应！"雪姑娘兴高采烈地喊着，径直走向了洛普赫。

"我不，"他一口否决。

"害怕了？"姑娘对着麦克风问道。

"不，但是……"

"谁是我们第一个参赛选手？"

"洛普赫！"大家高声应和。

"洛普赫！"雪姑娘愉快地做出了决定。

接下来的两个牺牲品也是被以这种短平快的办法挑出来的。一眨眼的工夫他们都被绑上了双手，他们的鼻子前出现了用绳子吊起来的苹果。他们的眼睛都被一块厚实的布蒙了起来。

"洛—普—赫！洛—普—赫！"雪姑娘对着麦克风字正腔圆地喊道，"加油！加油！"

洛普赫本是很想一走了之的，可是……眼镜在雪姑娘那里，眼睛又被蒙住了，所以完全找不到北。即使扯下蒙眼布跑开，两眼模模糊糊的，也有可能一头撞到墙上！到时候，全班同学都会看他笑话。想到这里，洛普赫便乖乖地留在了原地。

"基里尔！基里尔！"雪姑娘又开始嚷嚷起来。

"这回怎么是基里尔，不是我了？"洛普赫顿觉不快，开始张开嘴咬了起来。

那苹果又硬又凉。它对着鼻子吊着，总是会从嘴里滑出去。

"洛普赫！洛普赫！"

受到了鼓舞的洛普赫努力从另一个方向咬过去。

"列宾！列宾！"

洛普霍夫来气了，把嘴张得更大了。

"基里尔！基里尔！姑娘们，我们一起喊！"

这让洛普赫火冒三丈。他巧妙地侧了侧身，咬到了苹果的蒂部，接着用牙狠狠地叼住了它。

"啊啊啊啊啊！"雪姑娘的尖叫声让他差点噎住，但还是没让苹果从牙缝里溜走。"洛普赫赢了！谢谢大家！这回轮到女生们比赛了。"

洛普赫扯下了蒙眼布，看到这个毫不手软的雪姑娘又把基斯里岑娜从角落拽到了大厅中央。他吐出被咬了几处的苹果，开始和大家一起喊了起来："洛帕欣娜！洛帕欣娜！"

大家继续支持着精力旺盛、忙得不亦乐乎的雪姑娘："杰米多娃！杰米多娃！伊莉莎！伊莉莎！"

这三个七年级的女生试图反抗，但还是被雪姑娘推到了中央。

"舞蹈比赛！"这回雪姑娘干脆把麦克风撂到了一边，扯着嗓子向全场吼道，"获胜者将被封为本场晚会的女王！"

被迫无奈地参加这场舞蹈秀的选手们你看着我，我看着你，生怕对方成为获胜者。伊莉莎已经学了三年的芭蕾舞了。列拉·杰米多娃是练花样滑冰的，每次训练都要为编舞费尽心思。看起来只有塔尼娅·洛帕欣娜在这场比赛中没有任何胜算。

"预备！"雪姑娘跑到了放在角落里的笔记本电脑那里，"开始！"

她敲了一下键盘。音响里居然响起了《森林里长出了小枞树》。列拉、塔尼娅和伊莉莎顿时呆若木鸡。其他女生幸灾乐祸地交头接耳起来。班里的男同学们也嘿嘿乐了起来。

雪姑娘又扯着嗓子喊道："难道没有人想当冠军？谁也不想要'冰雪女王'的称号吗？"

伊莉莎是第一个按捺不住的。她想成为女王，于是决心为这个称号而挑战一下。她张开双臂，像教练教的那样在心中默数着拍子，一二三四……一，开始扭起了伦巴。

来自巴西的演绎爱情的舞蹈配着"胆小的小灰兔在枞树下蹦蹦跳跳……"的歌词，那是怎样一番让人哭笑不得的景象啊！

全场哄堂大笑，就连雪姑娘也忍不住乐了起来。

伊莉莎羞得满脸通红，但还是继续摆动着她柔韧的胯骨，用胳膊比划着考究的 8 字。这倒可好，让人感觉她在赶苍蝇呢。不想和伊莉莎一样颜面扫地的列拉一溜烟儿地冲出了人群，躲到了同班同学的后面。如此一来，痉挛似的"跳舞"的伊莉莎旁边只剩下了塔尼娅一个人。她在音乐的前半段还呆呆地愣在那里，而当歌词唱到了"院子里有个男人"的时候，却出其不意地细声尖叫了一声，然后便开始手舞足蹈了起来，那招式介于卡德里尔舞、波兰舞和蹲踢跳之间。同学们笑得前仰后合。

"呀，真棒！"雪姑娘若无其事地鼓励着她们，"棒极了！"

塔尼娅好像被什么人附体了一样。这个家伙让她不停地蹲下、跳起和转圈，顺便还加上了扮鬼脸。

"帅呆了！酷毙了！"同学们高声呐喊，"太牛了！"

伊莉莎咬紧牙关保持着她的舞步，翘首企盼着这个长得让人无法忍受的歌曲快点结束。而就在胜利近在咫尺的时候雪姑娘却宣布道："冠军还没有选出来！"随即又把《小枞树》从头放了一遍。观众们一片叫好。

只有塔尼娅觉得备受鼓舞。如果她能从旁观者的角度看到自己那套舞蹈动作的话，她一定也会瞠目结舌的。

正当伊拉咬了咬嘴唇，打算离开这个痛苦之地时，拉多姆斯基飞奔到了她的面前。

"就是图个乐么！"他一边说着一边让伊莉莎转圈，和她跳起了某种颇为原始的舞蹈。

"没错！就是图个乐么！"其他男生也应声附和起来，一个个抓住了惊声尖叫的同班女同学。

"大家一起跳起来吧！"

雪姑娘一声令下，所有人都开始舞动了起来，甚至包括那些通常站在墙角的男孩子们，包括矜持的波琳娜·科瓦廖娃，还有笨手笨脚的维季卡。这时，回想起美好童年时光的尼基托斯一下跳到了椅子上，有模有样地朗诵了起来：

"有一天，在那凛冽的寒冬……"

"普列皮亚欣！"

虽然轮舞的歌曲还在轰鸣，七年级的同学们的舞步却戛然而止。大厅门口站着他们的班主任老师。

"普列皮亚欣，立马从椅子上给我下来！洛帕欣娜！你那是什么野蛮的舞蹈！"

整顿了秩序后，老师硬生生地向变得异常安静的雪姑娘点了点头：

"请继续吧……"

……接下来，晚会无聊透顶：严寒老人来了，故作振奋地向"小朋友们"（这个词着实让大多数人起鸡皮疙瘩）恭贺了新年，匆匆给大家塞了礼物。随后的舞蹈环节还没等开始就没了下文。也就过了约莫半个小时，七年级的同学们便不欢而散了。雪姑娘躲在角落里，不敢发声。因为有大胡子挡着，严寒老人的表情也让人无法捉摸。

第二天班主任老师向校长作了汇报："一切都按部就班地进行了。"

"孩子们怎么样？喜欢吗？"

"唉，孩子们啊，"老师长叹了一口气，"现在的孩子们个个都愤世嫉俗的，他们根本不相信这世界上有严寒老人……"

两个闹事者

"不该推人！"拉多姆斯基说。

"不该造谣！"普列皮亚欣一边回答一边向他的对手靠近了半步。

"造什么谣了？！"拉多姆斯基愤愤不平地说，"基斯里岑娜抽烟的事，全班早就知道了！"

"凭什么管她叫傻子？！"普列皮亚欣发起怒来。

"凭什么推人？！"拉多姆斯基进入了攻击的第二轮。

"都给我停下！"班主任老师站到了两个闹事者中间，严厉地说道，"够了！你们的儿子是一起打碎玻璃的，也就是说，你们二位家长要一起把它镶上去。"①

---

① 拉多姆斯基和普列皮亚欣均为姓氏，也就是说上文中是两位学生的父亲在吵架。

在战场上

一群叛徒！

事情是从尼基托斯固执己见开始的。说什么我们上周打对战时会输给二班是因为我指挥失误。我当然是要损他一番了："你以为你能比我高明吗？他们那天纯粹是因为打了鸡血……"

但他也不甘示弱："比你高明，那是必须的！那下次由我来当领队，我们走着瞧！"

我原本以为队友们都会站在我这一边。事实证明，我错了。基列耶夫立刻附和尼基托斯道："拉多姆斯基，你老是自命不凡，希望我们所有人都掩护你，可是你自己却把整个团队都抛在脑后。"

基留哈也嘀咕着类似的话。就连维季卡也只是默默地坐在那里。我和他可是来自同一个幼儿园的呀！总之，我心烦意乱，本想一怒之下夺门而出，但还是忍住了。回了家又能怎么样。一个人打 CS^① 没什么意思，别的游戏更没劲。难道说要像妈妈要求的那样看书不成？

*　　*　　*

我们周六又去了网吧。二班那些家伙已经在那儿了，一副趾高气扬的样子。我们一进门，他们便开始冷嘲热讽，说什么下次

———————————

① 一款知名的电脑游戏。

要先让我们几招。但我们没有搭理他们，平静地坐下来开玩了。尼基托斯当领队，我佯装一切正常。

情况突然明朗了，今天二班那些家伙不在状态，接二连三地被我们围困。刚开始我还沾沾自喜，后来才明白过来，这不等于成全了普列皮亚欣吗？貌似我当领队的时候我们输给人家了，而换了他就赢了。我开始疏忽防守，开枪的次数少了，也不再向前冲了。我要等二班那些家伙恢复阵势后，再从后防线上跳出来，把他们全部干毙。到时候大家就明白谁是老大了。

可是我们一直占着上风。二班那些家伙像一盘散沙，相互对骂，吵得不可开交。就在这时，事情进展得正合我意：有一个对手持着霰弹枪扑向了尼基托斯。我在后方掩护，本来是可以把他干掉的，但是我故意没有向前。直到对方把普列皮亚欣逼到墙角扫射一通后，我这才把对手扑倒，顺便接手指挥了起来。

总之，我们大获全胜。尼基托斯龇牙咧嘴，但是他明白，是我挽救了整个局面。我本可以妥妥地拿回指挥权的……要不是我最好的朋友捅了我一刀。当我们在热火朝天地讨论普列皮亚欣被偷袭后我们是如何不得已中途改变战略时，维季卡突然插了一嘴：

"帕什卡，你当时为什么没有掩护尼基托斯？"

我不喜欢别人叫我"帕什卡"。维季卡知道这一点，但他还是这样叫了。

"谁说我没掩护了！"我怒气冲冲地喊道，"只不过是没来得及罢了。他拐了个弯。"

尼基托斯缄默不语，他未必能记得当时的情形——自己到底有没有拐弯，但维季卡却执意说道：

"拐什么拐？你当时就在直线距离两步之外！你是故意让他被打死的！"

我们开始对骂起来。谁也没向谁证明什么，但还是撕破了脸。基留哈提议把我从团队里赶出去，这时尼基托斯却站了出来：

"算了，他好像确实是在拐角处。不管怎样，拉多姆斯基都是最出色的战士。我们能找什么人替他？"

看来，他是觉得赶走我可惜了，居然不请自来地替我说情。但我还是忍住没吭声。

回到家，我把气撒到了父母身上。妈妈又开始唱起了她的老调，催我去看书。意思是说，她像我这么大的时候在被窝里拿着手电筒看书，把视力都弄坏了。而我呢，像这样成天盯着电脑，早晚会变成瞎子的。等等，这正常吗？因为看书而变成近视眼就没事，在显示屏前面坐几个小时就不行了？再说了，我的视力好得没话说，所以我才会是我们战队里最好的狙击手。不过，这些我没和妈妈说，而是挖苦了她几句：

"那妈妈现在怎么不看书了呢？成天就知道看电视剧，要不就是和朋友煲'电话粥'！"

妈妈气得无言以对，就把爸爸给喊了过来。他又开始了让人耳朵起茧子的训话，而我则好奇地问道：

"你这一年读了很多书吗？"

总之，我们吵起来了。妈妈把显示器的连接线都给藏了起来。不过，第二天我又从洛普赫那里借了一根。他爸是鼓弄电脑的，家里总是有一堆连接线。妈妈下班回来后，无奈地挥了挥手。

"半小时之后你爸就回来了。他要是看见了，肯定把你的电脑给卖了！"

我没信她的话，但是为了以防万一还是在爸爸回家前关了机，把连接线藏了起来。

＊　＊　＊

新的对战又开始了，看似一切正常，只是维季卡让我非常恼火。他与其说是在对付敌人，不如说是在监视我，为了不让我对别人使坏。

我气急败坏，坐立不安，有一次差点没跑到埋伏地点。维季卡及时掩护了我，但这让我更加上火。快结束的时候，他的监视让我实在忍无可忍，把 M4 步枪的一梭子弹全部向他射击了过去……

大家的叫喊声响彻了整个网吧。网吧主管把我们撵了出去，不许我们再来。二班那些家伙不乐意了。这关他们什么事？之后，尼基托斯宣称要把我从队里开除，我则回答说，是我主动要离开他们这群智障的。随后，大家都骂骂咧咧地散伙了。

家里又有了新情况。妈妈把我从洛普赫那儿拿的连接线也给藏起来了。我连忙给他拨了电话，但洛普赫就是不接。这不，我也不怕麻烦，直接跑到了他家去（也就是两层楼的距离），但是洛普赫连门也不给开。他在门的那头说，刚才有人给他打电话，把关于我的事一五一十地告诉了他，说我是菜鸟和叛徒，说我打自己人，拖所有人下水。

我觉得很恶心，都不想反驳他，转身就回了家。在屋里来回走了一会儿，出于无聊，我随便拿了本小书。是本关于什么精灵和巨龙的书，但我不记得是哪儿得来的了。

慢慢地，我被书里的内容吸引住了。里面有场面宏大的动作戏，总是有人袭击或至少试图袭击主人公。我都没有察觉到妈妈什么时候进门的，而且她还站在我的房间门口看着我。

"你不会是在看书吧？"

有什么可争论的呢。我点了点头。妈妈翻来覆去地看了看我手上的书和关着的电脑。我耸了耸肩，接着看了下去。

随后，我就隔着墙听到了妈妈的声音："是柳夏吗？你好啊……都很好。你儿子在哪儿呢？网吧？我家帕弗里克正看书呢……什么怎么搞的……我和他严肃地谈了谈，他这就……我也没说什么特别的，重要的是耐心……"

我使了吃奶的劲儿，把书砸到了墙上。

生活的乐趣

"你们真是太冷漠了！没有一点崇高的精神！你们怎么能……"玛丽·伊凡娜绞尽脑汁地想要挑一些文明的表达，但还是没忍住，"居然还那么没心肝地笑出来？这里没有任何可笑之处！这是悲剧！"

坐在后排的男孩子们竭尽全力维持着严肃的表情。

教学大纲要求读的这部作品的确是个悲剧，主人公患绝症而死，整个最后一章都在描写他的死。

塔尼娅坐在第一排，所以想要看其他同学就得转个身。大部分还在听课，一个个心不在焉地把头埋在了书本里，或者是装着把头埋在了书本里，实际上在忙着自己的事。

"有什么可笑的？"女老师用失望的口吻问道。

"玛丽·伊凡娜，他们怎么一个个都死了？"普列皮亚欣问，"在上部小说里主人公是在战场上被杀死的，这部里是因为患绝症而死的，木木① 是被淹死的。想一下子同情这么多人，我们真是心有余而力不足啊！"

全班哄堂大笑起来。玛丽·伊凡娜怔了片刻。

"真正的严肃文学都是具有悲剧色彩的。"她勉强挤出了一句话。

塔尼娅全然不顾班级里正在发生的一切，陷入了沉思。

---

① 屠格涅夫小说《木木》的主人公。

"书里的男孩子真可怜。多好、多有能力的男孩啊。却死掉了。我还是希望主人公能活着，"塔尼娅心想，"我希望患病的主人公最后能好起来。因为大病痊愈总是大快人心的。但是这个主人公却死掉了。真不好。永远与世长辞了。"

片刻之后，塔尼娅缓过神来，听到老师在讲应该用苦难磨炼心智，否则"你们会永远停留在情感上的残疾人的水平上"。塔尼娅又开始神游起来。

"如果一个人长时间地生病，那也许当他再走到大街上时，阳光和空气就足以让他幸福。或者，如果他的腿骨折了很长时间，然后一下子把石膏拆了，可以跑了，那这就足以让他幸福。应该是这样的吧。

"或者这么想呢，有个人死了，然后忽然间又复活了。那也许别人就再也不会骂他，再也不会因为鸡毛蒜皮的事情找他茬了。比如，要是柯秀莎差点死了，那我以后再也不会和她吵架了！我们一定会珍惜彼此……或者如果米尔卡死了……"

塔尼娅看了看基斯里岑娜坐的方向，想象着在某一个美好的时刻，班主任走进班里来，抽泣着告诉大家米尔卡已经不在人世了。所有人都呆若木鸡，开始哭起来。那她的座位怎么办？难道之后还会有人敢坐她的位置吗？

说实话，塔尼娅不是很喜欢基斯里岑娜。但是一想到自己再也不能见到她了，背后便吹过一阵凉风，脑子里立刻浮现出五年级时自己被高年级的女生欺负，是米尔卡出面袒护了她，还有她们在学校的角落里狼吞虎咽地吃雪糕的样子，还有米尔卡来她家做饭的情形。她的厨艺很好，因为很早就开始在家做饭了。这着实让塔尼娅的妈妈大吃了一惊，她没完没了地说塔尼娅好吃懒做、笨手笨脚。总之呢，米拉这个人不装腔作势的时候还是挺好的。要是万一她死了，上天保佑，千万别，呸呸呸……

塔尼娅被某种不可名状的冲动所驱使，抓起手机编写了一条短信："米拉，今天放学后到我家玩吧！"她回过头去，看到米拉把手放进口袋里掏出了手机，并十分诧异地挑了挑她那修剪得整整齐齐的眉毛。接着，她与塔尼娅的目光隔空相对。没想到她莞尔一笑，点了点头。

塔尼娅顿时欣喜若狂！好像建立了什么丰功伟业一般。

就在这时，明媚的阳光照进了窗户。

"是啊，不用非死不可！"塔尼娅心想，"即使不死也可以不吵架。有太阳，就是幸福！还有空气！今天可得出去散散步。"

"塔吉雅娜！你笑什么！这太令人不可思议了。我在和你们说着严肃的事情，而你们……看你这是什么德行！把你的日志拿来！"

"总之很好！"塔尼娅看着日志里潇洒的笔迹如是想道。

"文学课上会心一笑！！！"

送给洛普赫的玫瑰

　　手机上的闹铃响了。洛普赫不耐烦地看了看它，不过还是从电脑旁起了身。在老爸回来之前必须把垃圾倒出去，否则他又要开始长篇大论了。

　　他一把抢起了早就靠放在书桌旁的垃圾袋，拖着步子来到了门厅。

　　开了门。

　　门口的小地毯上放着一朵白得刺眼的玫瑰。

　　从楼上传来了拖鞋的响声，继而是关门的声音。"应该是七楼或者八楼，"洛普赫盯着玫瑰想道，"真让人好奇，这是给谁的呢？"

　　首先浮现在脑海里的是妈妈。妈妈三十好几，已经不年轻了，但爸爸每年都会送她两次花：一次是三八妇女节，一次是她生日。但是这两个节日都离得还远，而且最近妈妈出差一周，匆匆临走前还叮嘱他们父子俩不要邋里邋遢地过日子……

　　这时，洛普赫突然想起了手上的袋子，斜眼看了看它。要跨过如此美丽的事物去倒垃圾还真是种……怎么说来着……亵渎！

　　于是，洛普赫继续猜了起来。或许是给老爸的？他想了想爸爸的样子，大块头，短粗身材，没有脖子……手上戴着钻戒。他偷偷一笑。不，肯定不是给老爸的。

　　那么只剩下最后一种可能性，最令人心旷神怡，同时又最令人心神不宁的可能性。

这朵玫瑰正是给他洛普赫的。

当然了，很少会有人送花给男人，但是总还是有的呀！当年爷爷过寿的时候，人们就送了花。还有那次邻居下葬的时候……洛普赫立刻咽了口唾沫，并摇了摇头。这个例子举得不好。邻居葬礼上的那些大部分都是假花。

他聚精会神地盯着那朵玫瑰。用脚碰了碰。看着不像是假花。"真正的男人，"洛普赫浮想联翩，"应该收到真正的鲜花。"

每次洛普赫觉得不安的时候，他要么会吃东西，要么会浮想联翩。

但是到底是谁送的呢？！肯定是住在这个单元里的人，因为穿着拖鞋，而且是楼上的。

在所有他认识的女生里，只有米尔卡·基斯里岑娜符合这些条件。这让洛普赫有点沮丧。要是伊莉莎就好了，最起码也得是塔尼卡呀。柯秀莎也行。

不过米尔卡倒也不错。甚至还很棒呢！她这是害羞了吧……

洛普赫感到脑子有点短路："米尔卡"和"害羞"这两个词放到一起显得格格不入。然而，洛普赫用自己的智力克服了这个困惑："女孩子嘛，她们就是看起来霸道，内心还是很脆弱的。"

他十分不合时宜地想起了一件事，就是五年级的时候基斯里岑娜拿书包打了他。"打是亲来骂是爱"，洛普赫回忆起了奶奶经常挂在嘴边的俗语。

于是乎，问题就迎刃而解了。米尔卡早就看上他了，但不知道该如何表白。拿书包打，人家也没领会。所以这次决定用玫瑰来示爱。"应该在VK[①]上给她写点什么，"洛普赫心里觉得暖暖的，继续琢磨道，"还有……还有……"

当洛普赫还没想好该如何报答米尔卡对他的一片痴心时，尼基托斯的声音把他拉回了现实世界："啊！原来在这儿！"

普列皮亚欣弯下腰把玫瑰捡了起来。洛普赫差点没走过去削他的脑袋。那可是他的玫瑰！爱情的象征！

"这是我给托姆姑姑的，"尼基托斯郁闷地解释道，"今天她生日。是我姐姐拜托我的。她给了我五朵，可是送到了才发现只剩下四朵了[②]……"

洛普赫涨红了脸，心里很难受。他怎么会忘了尼基托斯也住在他们单元呢！而他姑姑就住在七楼啊！

这时普列皮亚欣问道："你这是在干吗呢？"

"倒垃圾，"洛普赫嘀咕着，晃了晃手中的袋子。

"哦，这样，"尼基托斯大步流星地上了楼。

他一并拿走的，还有那象征着腼腆的米尔卡对男子汉洛普赫之爱的娇嫩的玫瑰花。

---

① 俄罗斯著名的社交网站，类似国内的人人网。

② 按俄罗斯的习俗，逢喜事送花应该送单数。

聊聊关于性爱的话题

妈妈进了屋，门还没来得及关，就在原地怔住了。从爱女柯秀莎——这个安静内向的女孩的房间里传来了令人瞠目结舌的话语：

"呃，我也不知道，反正我不喜欢性爱。一个半小时，一点意思都没有。"

妈妈瞬间觉得，这不是她女儿的声音，而是另一个腐化堕落的女孩钻进了她们家。然而，那个声音又响亮而清晰地传了出来：

"我说，你说的那个性爱真是没劲！"

妈妈悄悄地打了个嗝。这的确是柯秀莎。

"什么第二遍？第二遍我也觉得不满意……"

妈妈揪住了胸口。

"为什么要和拉多姆斯基？我是和米尔卡……"

妈妈顿时觉得双腿发软，连忙把身子靠向了门框。

"明天吗？还有谁会来呀？普列皮亚欣还是列宾？呃，我不知道……"

妈妈手上的棉布袋子啪的一声掉到了地板上，装在里面的爸爸的啤酒发出了噼里啪啦的巨响。随即柯秀莎的房门打开了，在门口站着受到惊吓的女儿，手里还拿着手机。

"喂，塔尼娅，我待会儿再打给你！"说着，她连忙挂断了电话。

"妈，你怎么啦？"

"没事，"妈妈勉强挤出了笑容，"我绊了一下……帮我提一下袋子。"

二人一声不吭地来到了厨房。妈妈扑通一声栽倒在椅子上，而女儿则一边小心翼翼地看着她，一边将玻璃碎片挑出来，扔进垃圾桶里。柯秀莎终于忍不住开了口：

"妈，你怎么啦？你的脸色怎么那么……"

妈妈继续挤着勉强的笑容，说道："我想和你聊聊……关于性爱的话题……"

"啊啊啊，"柯秀莎乐了起来，"对呀，所有人都去看这个。《性爱与都市》①！《性爱与都市》！我看过两遍了，一点意思都没有！这不，塔尼娅又叫我去看，说班级里一半的人都要去，问我到底去不去……妈妈，你怎么啦？"

妈妈用手掌心捂住了脸，如释重负地笑了出来。

---

① 指美国电视剧及同名电影《Sex and City》，在国内被译为《欲望都市》。

有新消息了！

　　诚挚感谢莫斯科盖达尔图书馆的读者们，是你们的支持让我们完成了这篇小说！

作者敬上

波琳娜

　　我什么都不缺。基本上该有的都有了。连手机都是最新款。可以往里面下好几部电影，坐地铁的时候也能看。

　　我有零花钱，也有体面的父母……但是我没有最重要的东西——男人的关注。

　　我知道自己不是大美女，也不需要所有的男孩都属于我。有两三个就够了。不，一个就够了，但一定要有。

　　他要说甜言蜜语给我听，要在墙上写："波柳莎，我的小太阳。"我见过有这样写的。肯定在什么地方见到过！他们会这样写的。只不过是写给别的姑娘的，而不是给我。

　　我还见过他们是如何围着一个女孩团团转的。她有无数条信息，有无数个朋友，所有人都想和她约会。而她呢，还挑来挑去，不知道该和谁出去。

　　今天我和妈妈去了别人家做客。妈妈的朋友有一个女儿。她

·030·

已经不小了，马上就二十岁，但是也看不出来，保养得很好。她在 VK 上也有自己的页面。她放在那里的照片美得无与伦比。我一看到她的照片，惊讶得都合不拢嘴了。

而她却满不在乎地对我说：

"你想让我给你照这种照片不？"

我回答她说：

"我这辈子都照不出这样的照片！"

她只是嘿嘿一笑，把我拉到了镜子前，开始给我化起了妆。

基里尔

我和女朋友吵架了。

其实莲卡·阿尔乔莫娃也算不上是我的女朋友。我们从来没出去约过会，甚至连上学、放学都是各走各的。但是我给她发过二十几条短信，一条比一条浪漫，而且她也回复了。这就说明，她基本也算是我女朋友了。

但是当我放学后去找她，想要送她回家以示爱意的时候，莲卡却像傻瓜一样瞪大了眼睛。我只好提醒她一下关于短信的事情。阿尔乔莫娃急忙掏出了手机，翻了翻里面的短信，说道："这真是你写的？我还以为是米尔卡开玩笑的呢！"

这一幕可是当着所有男生的面发生的！那这之后她算我什么人？幸好我急中生智，找到了应对的方法——给了莲卡一巴掌，并吼道：

"上当了吧！上当了吧！你难道真以为我会给你写这种短信吗?！"

男生们明白了是怎么回事，开始各种起哄，而莲卡则挥着泪跑向了洗手间。我摆出了胜利者的样子，但其实心情很糟糕。谁愿意和自己的女朋友吵架呢？

最让人烦躁的是，我没有任何退路，而又不甘心变成光棍。别人肯定会取笑我的。尼基托斯那个饶舌鬼已经和塔纽哈去过电影院了。而且据说他和伊莉莎也有点什么……当然了，这是尼基托斯自己说的，不过总而言之吧！我连个可以拿出来说的都没有。

为了打起精神，在家勉强吃过晚饭后（否则妈妈又会叨叨），我立刻上了网。最爱的网游"天堂"的服务器已经瘫痪了两天，所以我只好随便浏览各种网页。我还打开了自己的 VK 页面，这是我好几个月前申请的，很少登录。那里攒着五六个陌生人的好友邀请，还有两个是来自我认识的人——维季卡和尼基托斯。我把陌生人拉黑，加了维季卡，报复性地把尼基托斯给拒了。没什么大不了的！

我又去踩了踩朋友们的页面，没看到什么有意思的。出于无聊，我决定自己向别人申请好友。为什么不呢？网上尽是各种各样的女孩，我可以和任意一个搞暧昧。我又没长成畸形，是吧？

我跑到浴室，把门锁上，对着镜子仔细照了照，额头上长了个粉刺。我把头发往下梳了梳。

完全不是畸形！一点也不比尼基托斯差！还比他高两公分呢。

我回到电脑前，点击了"我的好友"链接。

波琳娜

效果真不错！

"化妆不算什么，照片里基本上看不出来，"基拉解释道，"最重要的是得穿对。"

她一边说着，一边从衣柜里拿出了一双恨天高的高跟鞋。穿上这双鞋我光看着都觉得眩晕。

"我穿着它们可不能走路。"我有气无力地说。

"不用穿着走路！站着就行。不不，还是坐着吧！"

基拉把我摁在了软座圆凳上，指点了许久：要这样或那样摆弄双腿，要把嘴噘起来，要把背心的肩带耷拉到胳膊上，要用手指抚弄一撮头发。她一边指示我，一边不停地按快门，想尽快搞定。要是妈妈们注意到我们突然变得这么安静，肯定会来看我们在做什么的。

这组照片实在是太赞了！我挑了一张最满意的当了头像——基本上看不见脸，但是那双腿……我自己都不知道我长了这么一双美腿。

但是我可不敢用我的真名上传这种照片，万一被妈妈看见了怎么办，或是别的什么人看见呢。于是我给自己想了个新名字——斯涅任妮卡·莫罗佐娃。多美啊……可不像波琳娜……

廖尼亚

哦！有新女孩了。还挺招人喜欢的。照片不错，应该是找专业摄影师拍的吧。妈妈生日的时候，爸爸也送过她这样的礼物——拍写真。妈妈刚开始推脱了一通，但后来还是去了，留下一句话："我半小时就好。"

呵！爸爸和我倒也天真地信了，一直跟着，结果半小时才够做个造型……然后那个……化妆师出来了，对我们说：

"你们别等了，要很久的！"

他抽了支烟，又回屋了。

总之，我们去了趟网吧，又去看了 5D 电影。电影不太长，一部 50 分钟。我们总共看了四部，我都有点昏昏欲睡了。妈妈快到晚上才回来，神采飞扬。照片是修过的，她看着像小姑娘一样。

不知道这个斯涅任妮卡是几年级的？看着像是九年级，不会更小。她会在网上搭理七年级的男生吗？而且是我这种只会看书的优等生？还是从遥远的伊尔库茨克来的。我得装一回莫斯科人。这样和她套近乎更好些……

波琳娜

回家的路上，我如坐针毡。地铁里信号很差，用手机上网很吃力。但无论如何，我都差不多有十次成功刷新了自己的页面。什么都没有……空空如也……

基拉信誓旦旦地和我说，向我示爱的信息会排山倒海般涌向我……

就在我心灰意冷，甚至洗漱完想要睡觉的时候……有了！有新消息了！

我用颤抖的手点击了消息栏，看到了这些话："美女好啊。照片真好看，完全看不出来是个小朋友。"

什么小朋友，这说的是我吗？气得我呼吸都有点困难了。发消息的这个廖尼亚（ID 是 КрУтОй_ЧеЛ=）·帕韦列茨基说自己十五岁了。他的头像照片是站着拍的，用衣服蒙着头，用不体面的手势挡住了还露在外面的脸。凭这张照片看不出他有多大。我气愤地写道：

"你才是小朋友呢！"

他回复给我和他的头像一样的手势。

气得我嘴唇都发抖了，好像儿时一样。我招他惹他了？

我噘着嘴把他的第一条信息给删了，又报复性地把第二条放到了垃圾箱，然后把他给拉黑，教训教训他，这样他就知道该怎么和女生聊天了！

我本想一气之下把电脑关了，却突然在留言板上发现了一条留言："致美丽的陌生女郎"和一个花束的动画表情。我突然感觉飘飘然。差一点就只能等到明天才发现呢！

陌生人

瞧瞧这双腿！还有这香肩，露得恰到好处。不知道她多大了，她在个人信息里都写了些什么？如果没撒谎的话，应该是和我姐一般大。真可惜……她的大腿非常紧实！是运动员吗？看看胸部怎么样？可惜了，什么都看不出来，角度不太好。

得想个办法让她发张更清楚的照片过来。这个年龄段的女生都喜欢什么呢？对，就是浪漫。当然，女人在任何年龄段都喜欢浪漫，但过了二十基本上就不相信这套了。但是十四岁——正是信这个的时候！也就是说，喜欢鲜花啦，诗歌啦，被尊称为"您"啦，各种各样的赞美啦。

就从鲜花开始吧。

哦！女孩上了鲜花的钩！开局不错！不过，像我们这种经验丰富的老渔夫是不会用力猛拉的，这样会把她们吓跑。这会儿该滔滔不绝的溢美之词登场了。关于内心的。如果想看到胸部，那就要说关于内心的话。越贴近内心，就越贴近袒胸露乳。

"斯涅任妮卡，您真美好！一眼就能看出来，您是善良的、体贴的、温柔的、感性的。"

不，还是把"感性的"改成"富有同情心的"吧。我们是在谈论内心，不是吗？

基里尔

整整一个钟头我都在翻同班同学们的页面。看了一堆趣闻乐事、几个搞笑的视频，进了二十来个小组，留了一些恶评，尤其是给米尔卡，就是因为她我才会和女朋友吵架。

然后，我到了科瓦廖娃的页面。看到她的好友一栏，我顿时怔住了。头像照片里有一个弯着身子的，叫斯涅任妮卡的女孩。

把照片放大看看。嗯……咱波琳娜是什么时候交了这种朋友呢？仔细端详一下，感觉这个斯涅任妮卡和科瓦廖娃还有点儿像。当然，波琳卡没有这么美，但是总觉得她俩哪里有一些共同点。可能是姐姐？我知道她没有亲生姐妹，但也可能是表姐呀？

有那么一分钟，我还想象了一下自己跑到波琳娜面前，让她把表姐介绍给我的情形。比如，我就这么说："科瓦廖娃，你 VK 好友里那个花枝招展的女孩儿是谁呀？把她的电话号码给我如何？"估计全班都会取笑我的。

不，还是要自己为自己牵线搭桥。现在就邀请她成为好友！

我已经点了链接，但看到了验证码那一栏，我突然陷入了沉思。要是这个斯涅任妮卡看到一个叫基鲁哈的、在头像里把手指伸进鼻孔里的男生，她肯定是不会同意加好友的！

直到深夜，我都在翻自己以前上传过的照片，但是没找到任何一张满意的。我怎么每张照片都习惯性地龇牙咧嘴呢？这当然没什么不好，只是不能发给长得不错的女生，尤其是像斯涅任妮卡这种。

我忽然灵机一动。干吗要在这儿煞费苦心？应该在 VK 上申请一个新账号。这样就可以上传任何照片了。

就这样，我摇身一变，变成了卡列尔·万——一个晒得黝黑、眼睛略向外斜的小伙。这个头像是我从某个早已无人问津的网站的图片里找出来的。斯涅任妮卡绝对不会发现任何蛛丝马迹。我还在个人信息里写了自己喜欢摩托车、跑酷、潜水、涂鸦和其他一些炫酷的极限运动；城市——威灵顿。

我没写任何打招呼的话，直接发送了加好友申请。

波琳娜

第二天放学后我才登上 VK。

我飞奔进屋，脱了靴子就冲到了电脑前，趁还在开机，随手拿起夹了香肠的三明治吃了起来，小心翼翼地不让面包屑掉进键盘里。

波琳娜·科瓦廖娃——一个无趣的女孩。头像是绽放的玫瑰丛中站着的一个乖乖女，就差头上没别一个蝴蝶结了。她的页面也很幼稚：留言板上尽是小花啦，小兔子啦，都是女生朋友留下的，好像在幼儿园里一样。

无聊。

我毫不犹豫地点了"退出"。

接着，我进了斯涅任妮卡的页面。

这里就完全是另一番景象了！

一眼就能看出，这是个成熟女孩的页面，而不是某个七年级女孩的。

那个殷勤的陌生人给我写道，一下就看出我的内心和他是一样的，说我体贴，富有同情心。

真有意思，他怎么知道我就是这样的女生？难道是看照片猜的？

我给他回复道，很高兴我们能在这个无边无际的网络中相识，还有……

看来名字还是很关键的。当我还是波琳娜的时候，没有人需要我，而一改名叫斯涅任妮卡，就立刻得到了关注！

我想知道这个陌生人对诗歌感不感兴趣。要是和他见了面，一起散步的时候他给我读读诗就好了……来点浪漫的。我看见米尔卡的页面有很多情诗、玫瑰、还有雪地里的血……超美！

这时，我看到了另一条信息。哇塞！

我的心跳开始加快了。卡列尔·万。好一个美男子！从哪儿来的？威灵顿？天啊，威灵顿在哪儿？我打开了搜索网站。

足足有五分钟的时间，我都傻傻地盯着威灵顿的照片，茫然若失。毫无疑问，我接受了他的好友申请。然后呢？

不知道他会不会让我去做客？开车带我兜风？天啊！他还喜欢潜水，他会不会教我呢？

我忍不住想立刻给米尔卡打电话，让她和自己的维杰奇卡你侬我侬去吧，我现在有了真正的男朋友！一个成熟的男人！

陌生人

一切都和预想的一模一样……甚至有点无聊……

女孩想听诗歌？我们有啊……让我想想，学校里学的不能用……那马雅可夫斯基的早期诗歌？我在青春期的时候有一度特别喜欢它们。后来，我把他的《苏联护照》背得滚瓜烂熟后，不知怎的就对诗歌这玩意儿不太感冒了。

我上了谷歌，在搜索栏里敲入了"浪漫情诗"。让我看看，最近都管什么叫作浪漫？《幻想的祭司，快乐的情人》……呵……这个不行吧……《梦里寻她千百度》，也不行……《愿得一人心，白首不相离》……《只要活着，就相信幸福的存在》……这都写的什么呀，难道就没有有点男子汉气概的？

咦，有了……《轻触你的胸》……嗯，提到胸部很有必要。蜻蜓点水般的暗示，但又没到下流的地步，停留在了无意识的边缘。作者是谁？没写。好啊，那我就来客串一把作者。为了不被看出破绽，我必须得换几个词儿。把"苍白的嘴唇上绽放的笑容"改成"温柔的嘴唇上绽放的笑容"。把"微微交错的那绵软的双腿"改成"微微交错的那火热的双腿"。这回让她去网上查一查，是不是我复制粘贴的吧！

关于双腿，我改得真是妙极了。是荷尔蒙的作用吧。

又端详了一下她的照片。这双腿没治了！

基里尔

她同意了！

一开始我很高兴，但后来有点不知所措。我以为斯涅任妮卡会给我回复点什么。比如，"嗨！你喜欢廖普斯①吗？"之类的。那我就能顺着回答了。可是现在……我只能坐着绞尽脑汁地想……这会儿该给她写点什么呢？还是干脆不写了？

我点进其他人的页面看了看，大家一般都写些什么。然后，我发现，其实不用非得写什么。留言板上都是各种带心形图案的图片，类似涂鸦那种。我又上了搜索网站，找到了一个像模像样的——砖墙上有一颗用弹孔印拼出来的心，下面有一摊鲜血。让她见识见识，什么叫作严肃正经的人。

把这幅图贴在斯涅任妮卡的留言板以后，我发现有个陌生人在她那里留了首情诗。我点进了他的页面，但什么线索都没有。头像是维尼熊。再没有其他照片了。他一共有11个好友（全都是女生，还有大妈），没加入任何小组。这个陌生人还真是来路

---

① 俄罗斯歌手。

不明。本来想给他写点什么挖苦话，但是他的留言板也只是对好友开放的。

呸了他一嘴后，我还是回到了斯涅任妮卡的页面。比较了一下自己的涂鸦和他的情诗。必须是我的比他的酷一百倍啊！

波琳娜

我用自己的原名登录了 VK。一片空白……退出了。清空了设置，立刻登录了斯涅任妮卡的页面。

陌生人的情诗让我满脸发烫。

这些诗句也有点……太……我感到有点迷乱。

在网页上随便浏览这些文字和有人专门写给你看是完全不同的两种感受。我思绪像脱缰的马一般四处飞扬。

我又把这首诗读了一遍，心情七上八下的。就在这时，塔尼卡打来了电话，我们莫名地大吵了起来。我也不知道为什么，都是紧绷的神经在作祟。后来，我吃了一整块巧克力，情况才稍稍有点缓解。

我用一种中性的口吻回复过去："很美！是你自己写的吗？"

而卡列尔的图片甚得我心！它是那么……有男人味。子弹、鲜血……

一下就能猜到，他个子很高，皮肤黝黑，胳膊上肌肉发达，就像列尔金的运动员老爸的胳膊一样。有一年春天，我家擦窗户时他来帮忙，当时我们都看呆了。当然，他不是来帮我们擦窗户的，而是来帮我们打开窗框的。如果不是他，我们家可没人能搞定那个老东西。

那时候，我就下了决心，一定要找一个有着那样胳膊的男朋友。

该怎么和卡列尔要他的全身照呢？是不是还为时过早了点？

不过，我觉得我们老早以前就认识了。当人们遇到心仪之人的时候，总是会有这种感觉的。

我在他的留言板留下了一个很美的动画："谢谢！"还有亲嘴的表情，就好像我在亲他的脸颊一样。

陌生人

那么问题来了："是你自己写的吗？"呵，当然了！我坐着欣赏你的美腿——然后就写下了不朽的诗篇！这些女孩还真是蠢啊！

话说回来，我有什么好生气的？就是要利用这种愚蠢！

我写了一篇满腔热忱的回复，解释说当然是自己写的。说正是你的照片给了我灵感（对了，她的真名是什么呢？真的是斯涅任妮卡吗？估计是什么加利亚或列娜吧）。说你的身体那玲珑的曲线唤醒了……不不，还是把"唤醒了"改成"将灵感赋予了我……"，并另起一行。

在末尾含蓄地问了一嘴，不知道我美丽的陌生女郎还有没有别的照片？最好是在海滨浴场的。"因为您总是那么阳光，让人想起夏天！太阳和大海一定非常适合您的脸！"

要是这样她还不发一张清晰点的照片过来，那我就和她一刀两断！网络如此大无边，天涯何处无芳草……

基里尔

啊哈！斯涅任妮卡在我留言板上留了什么。

我琢磨了足足有五分钟，才看出那个动画是个亲吻的表情。好极了！说明她上钩了！这回该像老爸在节日的宴席上喝上两三杯小酒后说的那样"将胜利的势头继续下去"了。

可是该怎么继续？我许久都没想出来。再留一张涂鸦？没劲。我手头没什么照片，更别提视频了。我坐在那里低头沉思了一会儿，随后给斯涅任妮卡留了言："图片太赞了！我给我们设计学院的其他人看了，大家都拍手叫好！再画点别的什么吧！"

我也不知道从哪儿编出了个"设计学院"。难道是从哪个广告里听过？反正看着不明觉厉。

点了发送后，我一直在线等斯涅任妮卡的回复，但最终没等到。也情有可原，人家又不是成天到晚盯着 VK。

等待的时候，一个想法一直萦绕在我的脑海中。还是应该从波琳卡那里打听打听她这个朋友。是她表姐？要是知道她喜欢哪个组合或者是爱玩哪款游戏，那就可以更有针对性地展开攻势了。

在我点进波琳娜的页面，开始在留言板上打字的时候，我突然意识到自己是用卡列尔的账号进去的。要是科瓦廖娃发现有个叫卡列尔的人给她提了问题，那可有好戏看了！估计她要向全校同学炫耀说某个严肃正经的男生和她搭讪了。我禁不住想要要一下波琳卡，但还是决定以后再说。

我重新用自己原有的账号登录，然后给波莉卡留了言："对了，你那个新朋友从哪儿冒出来的？是你姐姐吗？我和我妈还争论了一番。"点击了发送，立马又后悔了。我把妈妈扯进来干什么？人家该觉得我还是离不开妈妈的小男孩呢。哎，算了，发就发了吧。

科瓦廖娃没有立刻回复，我便启动了"天堂"……

波琳娜

呵，这个陌生人还真是殷勤呢！

居然把我比作太阳！我在海滨浴场的照片没一张好看的，今年夏天我们没去海边，去年去的时候我还完全是个小孩子。

不过，我还是找到了一张不错的照片：是米尔卡在学校附近抓拍的。虽然我背对着镜头，但是头发很飘逸。阳光很好，光是看照片我都想眯起眼睛。冬天。周围的雪白得刺眼。我的外套是红色的。多美啊！

而卡列尔说，顶级设计师都对我的动画赞不绝口。真是让人难为情，这东西不是我画的，是从网上随便找的。不过也无所谓了，下次就自己画一个好了。

对了，差点忘了！基里尔到波琳娜的页面来打听关于我的事情了！

她可真是受欢迎啊！我就是明星！波莉卡做梦也不会梦到这种好事！

陌生人

翻开收藏夹，来到了那个美腿女孩的页面。差点没破口大骂。我可是用俄语清清楚楚地写着"海滨浴场的照片"。结果却大相径庭，收到的是一张穿着根本看不出身材的衣服在雪地里拍的照片，还是个背影！得好好教训教训她了！

不过，这倒是让我有了点兴致——难道我不能把这个傻妞的照片变成我想要的吗？给她加上丰乳肥臀和撩人的姿势？已经坐到键盘前的我却突然被一个可怕的想法制止了。

这是在发好人卡！极其委婉！对方玩弄我于掌心，我还总是上钩！

不不不，恕不奉陪了。

我把她从好友里删掉了。最后在她那个雪地里的照片下面留了些带有威胁性的话。看她下次还敢戏弄谁！

这种女孩我随手就能找上千个。

波琳娜

我被气得火冒三丈。他不仅把我从好友里删除了，还侮辱了我的照片。

我想尽办法试图联系他，给他发站内信或在他留言板上留言，但是他的页面已经完全关闭了。我把他怎么了？凭什么呀？

他留下的那些不怀好意的话，我当然都给删除了。但是即使没有那些留言，光看着照片，眼泪就在我的眼眶里打转。

幸好卡列尔上线了。

基里尔

波莉卡没回我，但斯涅任妮卡在线。我鼓起勇气给她发了个消息："嗨！干什么呢？"然后我就隐身了。

她居然回复了！基本上是同步的！"没干什么。你呢？"

我顿时心跳加速。鬼迷心窍地回复："和他们玩跑酷来着。酷毙了！！！"

我为什么不想个简单的呢？斯涅任妮卡好像故意的一样开始问起各种关于跑酷的问题。我只好另开了一个火狐页面，在谷歌里搜一下这个在城市里上蹿下跳的运动。我找到了一些名词解释的链接，从那里复制了一大段发给了她。

看来，这招好使。

她给我发来好多笑脸。

波琳娜

刚开始，我不知道该说些什么，但之后就开始滔滔不绝，忘乎所以……我们聊了大概有三个小时。卡列尔真是个有意思的人！终于能和成年人聊天，而不是和我们班那群只知道电脑游戏的男生说话了。真是让人酣畅淋漓。我们有说有笑，他给我讲了关于跑酷的一些事情。我本来以为这项运动是给脑子进水的人玩的，没想到原来这么有趣！

但是为什么？为什么这些有趣的人都住在离我那么远的地方？我们这儿连个能一起去看电影的人都没有！

妈妈把我从电脑前赶走了，但我还是十分幸福地入睡了。这回我有可以交心的人了！

基里尔

真可惜，这么快就结束了。我怎么也睡不着，辗转反侧了许久。脑子里一直设想着我和斯涅任妮卡一起出席某人的生日宴会的情景……不，还是一起在学校旁散步吧……或者，最后一起拍张照片，然后我把它贴到自己的页面上——让他们羡慕嫉妒恨去吧！

我按捺不住了，从床上爬起来开了机，又向波莉卡打听了关于斯涅任妮卡的事。科瓦廖娃会怎么看我，我已经无所谓了……

波琳娜

放学后，我立刻冲到了电脑前——有新消息！卡列尔已经在那里了！我们又聊了一个小时，然后他说要去训练了，而且答应我晚上一定还会上网。

我闲着没事就又登录了波琳娜的页面，在那里基里尔又留言打听我了。看来我给他留下了深刻的印象！有意思的是，他和卡列尔写字的习惯一样，首字母不大写，而且在每个句子后连用三个标点符号："她到底是你什么人？？？我有个朋友看上她了，想和她认识一下！！！"

挺逗的，是不是？

基里尔

我又来到了电脑前，连运动鞋都没来得及脱。上了VK，立马就发现了新消息。点开了……

"你昨天讲跑酷讲得可真带劲！还有什么别的爱好吗？"

我本来想写"冲浪"——这个词酷毙了——但及时打消了这个想法。

让我想想，卡列尔这个冷峻的小伙子还会有什么爱好呢？武术！难道我白看了那么多武打片吗？

总之，一切都进展得很好，直到妈妈出现，把我赶出去吃午饭。她还因为我没脱鞋而数落了我几句。我匆匆和斯涅任妮卡道了别（妈妈示威般地站在后面），就去厨房吃饭了。

坐在餐桌旁的我顿生疑惑。想当场去确认，但妈妈不让我走开。我马马虎虎地吞下了汤（"够了，谢谢妈妈！"），然后立刻来到了电脑前。

波琳娜

完了……

无语了……

该怎么活？

我九点就上床了，把被子蒙到头上，脸冲着墙。

妈妈走进来摸了摸我的额头，但我假装睡着了。

她是永远不会理解的，没有人可以理解！因为从来没有任何人理解过我!!!

我今天死掉了。斯涅任妮卡死掉了。

所有这一切都是因为波琳娜没有脑子，在上 VK 之前忘了重新登录！然后，我用波琳娜的账号和卡列尔聊了半个小时……

这会儿他肯定全明白了……还是波琳娜死掉比较好……

基里尔

我感觉很难受，都有点发烧了。妈妈很着急，硬要我吃下什么药。

我没有反抗。脑子里全是科瓦廖娃一路把我当猴耍这件事。

到了傍晚，我才反应过来——她没有耍我！耍的是卡列尔·万！来自威灵顿！我连忙打开页面，想把这个愚蠢的跑酷和武术爱好者永远葬送掉。

而我的心情糟透了。"我的消息"那一栏里闪动着新的提醒。不知怎的，我立刻就猜到那里不会有什么好话。但我还是点进去了。

米尔卡这个扫把星把我给识破了！"列宾！你什么时候能学会把一个句子的首字母大写啊？"要是我当时能稍微动一下脑子，

就不会去搭理基斯里岑娜了。但我的手指不由自主地写了几句损话，并点击了发送。

波琳娜

我苟延残喘地去上了学。还不如不去呢。

在第一堂课还没开始之前，一堆女生围住了我，争先恐后地给我讲基里尔·列宾如何在 VK 上给自己申请了一个新账号，去佯装一个很酷的人。找了一张大人的照片做头像，还给自己起了一个稀奇古怪的名字。他被人识破是因为拼写的问题和一个标点连续用三次的习惯。

说实话，我到那会儿还没反应过来，这事和我有什么关系。只是和她们一起嘲笑了列宾，然后去上英语课去了。第三堂课下课后，我才恍然大悟……

昨天死掉的不仅有斯涅任妮卡，还有卡列尔·万……

好想哭……但是当着大家的面可不行……

基里尔

我整晚都在做噩梦。要么是我在墙上爬来爬去并不断从墙上掉下来，要么是斯涅任妮卡 – 波琳娜用她那像鸵鸟般长得吓人的双腿在森林里追着我跑，要么是我去上学时走进班里才突然发现忘了穿裤子……

我还把妈妈给弄醒了。可能是我尖叫了吧。她来看了我好几次，摸了摸我的额头。

起床后脑子一片空白。我也不知道为什么去上了学。我记得妈妈建议我在家休息，但我还是坚持去上学了。

我去对了。我对周围的一切都很麻木，无论是米尔卡的揶揄、男生们的嘲笑，还是老师们的提问都让我无动于衷。我没有做任何回应。很快，所有人都没了兴致，甚至老师也不再点我的名了。

只有看到波莉卡的时候，我的心头会开始发紧，脑袋嗡嗡作响。我想用教科书去敲敲她的脑袋，让她知道她有多蠢。

波琳娜

我坐在体育馆里的长凳上，心不在焉地扫视着同学们的队列。我忘带运动服了。昨天收拾东西的时候那么魂不守舍，没把书包忘在家里还挺让人惊奇的。

我的同班同学可真是……女生吧，倒还没什么，男生呢……一个个都乳臭未干。想在网上聊聊天都找不到人。所有有趣的人都住在遥远的他乡……

神奇的马桶

——一个绝对真实的故事

谨以此文献给明斯克第十三中学的同学们

那是在我们还很小，还在上五年级时发生的事情。新年前夕，班主任老师本该给我们讲讲放鞭炮的注意事项。她应该告诉我们不许点燃它，因为会伤到眼睛，等等。但是她还没来得及……

总之，拉多姆斯基把鞭炮带到班里来了。他倒是没打算在学校里放鞭炮，只是出门的时候随手塞到了书包里。怎么，难道要把这么珍贵的东西供在家里不成？

他没想太多，把那东西给萨什卡看了看。意思是，你瞧我这有啥好东西。

萨什卡则把它攥在手里不放。一看就知道他心里痒痒，忍不住想点燃它。但是怎么办？学校里有值班的人，没放学之前是不让出校门的！

连续两堂课萨什卡都在心痒难耐中度过，不知道该怎么克服这种突如其来的对放烟火的渴望。后来，他还是没忍住。为了结束这痛苦的煎熬，他把拉多姆斯基拉到了洗手间。

"帕什卡，我们点了它吧，"基列耶夫央求道，"我们就点一下下，看看它是怎么燃烧的。"

帕弗里克一口否决了。

于是，萨什卡拿出了自己的杀手锏——在下一个课间他把维季卡和尼基塔也拉拢了过来。

"咱们就点一下，然后马上熄灭，"尼基托斯也开始游说起来，手里紧紧攥着鞭炮。

"对，我们就试一试，万一它根本放不了呢……"维季卡附和道。

帕弗里克试图说服他们，等到放学出了校门就放。

"我们今天整整六节课呢！你脑子没事吧？那我们得等多久啊！"萨沙勃然大怒。

帕沙又坚持了一堂课，但是在下一个课间被彻底攻破了。

维季卡管他叫胆小鬼，尼基托斯叫他吹牛大王。

"那你干吗带它来上学？不就是想吹吹牛，显摆显摆吗？等着瞧，我明天跟我姐要，她能给我弄来上百个！我一定会拿一个过来……"

在这样的攻势下不败下阵来是不可能的。萨什卡开始用颤抖的手点起了鞭炮。

"万一要是突然蹿出去呢？"

"不会的！"

"万一呢？"

试了三次，鞭炮芯终于开始冒烟了。

"哦哦哦，快看快看，点着了！"尼基托斯张牙舞爪地说。

帕弗里克站在那里，看着那小小的导火线燃烧的样子，想着一切进展得很顺利，不禁喜上眉梢。

"我告诉你们，它现在会蹿出去的！"一向伶俐的萨沙喊了起来，"赶紧把它扔掉！"

"往哪扔？"

"扔到窗外！"

大家点头呼应，可是窗户是封死的。

"马桶！"尼基托斯喊道，"快扔！它会自己熄灭的！！！"

维季卡猛地一挥把鞭炮扔到了马桶里，它溅起了小小的喷泉。萨沙急忙跳起来摁住了冲水钮。

"这回好了，"萨沙满意地说，"看把你怕的……"

据说这帮男生从洗手间跑出来的速度，我们体育老师是做梦也想不到的。

在不到五分钟的时间里，男厕里噼里啪啦的声音、小喷泉和走廊远处五年级男生们的狂热眼神让值班老师明白了是怎么回事。

下一堂课伊始，当面色凝重的教导主任走进班级并问道"是谁干的?!"的时候，男生们都没有抵赖，以一副末日来临的神情乖乖地去接受惩罚了。

维季卡回到家基本没受什么惩罚。他爸轻轻松松就给学校换了一个新马桶。学校联系他说爆炸的事的时候，他以为后果更惨不忍睹。他立刻就给普列皮亚欣的爸爸打了电话，说他儿子是"共谋"。两个家长一块儿去修复学校的公共设施还是件蛮有意思的事呢。

本来还想把基列耶夫的爸爸也拉到这个共同事业里来，可惜他出差了。而他的妻子用训诫的口吻说道："我家萨沙不可能做出这种事！这肯定是你们的捣蛋鬼们怂恿他的。萨沙是个安静温驯的小男孩，他怎么会无缘无故地往马桶里扔鞭炮呢？"

和她争辩毫无意义。再说两个人一起换个马桶小菜一碟。

"你们怎么会想到这么做？"吃晚饭时爸爸责问维季卡，"拿到学校去也好，点燃了也能理解，但为什么要把它扔到马桶里去呢？啊？"

"我以为顶多会溅起点水花罢了……"维季卡委屈地说。

"你以为……"爸爸气冲冲地说道，"居然还放到马桶里去了……把水管都崩裂了！好一群火药制造师！"

这件事倒是让物理老师津津乐道。他仔细打听了事情的来龙去脉，为的是用这个惨痛的例子给九年级的学生解释液体压强及水力冲击的原理。

关于马桶、鞭炮和四个五年级勇士的故事成了学校里的周内头条，随后便逐渐平息下来，被人们所淡忘了，和学校里的其他奇谈怪事一样。

当去年学校里有传闻说，低年级学生又一次爆破了马桶时，我们都没有相信。同样的玩笑开第二遍就不可笑了。男生们冷嘲热讽了一番，但不管怎样还是决定去洗手间看个究竟。

不一会儿，我们就回来了。一个个笑得前仰后合，眼珠子都快掉出来了，话也说不出来了。

"那儿……"

"蹿出来了……"

"把鞭炮……"

"马桶……"

过了一分钟，维季卡才勉强挤出了最主要的话："他们也把马桶给弄爆了!!!"

不用多说，今年我们也在迫不及待地等着十二月的到来。已然变成传统了……

真相是……

　　玛莎心如乱麻！在十二年的人生里，她心情还从来没有这么差过。

　　要是从头说起的话，这个故事都可以拍成电视剧了，而第一集要追溯到遥远的儿时。遥远到已经分不清哪是自己的回忆，哪是别人口中的故事。

　　长话短说，就是萨沙喜欢卡佳。而卡佳呢，喜欢八年级二班的沃夫卡。说实在的，所有人都喜欢他。怎么可能不喜欢呢？连十年级的女生们都要偷偷瞄他几眼。

　　而萨什卡为了让卡佳能够注意到他，把班级日志偷了出来，然后在她的数学成绩那里打了两个"10分"，为的是让她期末的分数能变得高一点[①]。但数学老师可没那么笨，她的记忆力好着呢……总之，发现了这个改动后，她把卡佳带到了教导主任和校长那里，狠狠地批评了她一顿。

　　卡季卡连着三堂课都在哭，因为她完全不知道这些"10分"是从哪儿冒出来的。而萨什卡呢，当然了，还是喜欢她的……但是看到教导主任和校长后，他立刻就明白过来，其实她也没那么好看。他坐在那里袖手旁观，装作和自己毫无关系。

　　而玛莎昨天却在无意中看到萨沙从老师的办公室拿走了班级

----

① 俄罗斯中小学的一个学年通常分为四个学期，每个学期末都有一次综合评价。大部分考试采用5分满分制，偶尔会采用10分制。

日志。的确是在无意之中。她刚从课外辅导班走出来，就看到了萨沙，还有手里的日志。然后，今天这场闹剧就发生了。而萨沙喜欢卡佳。总之，事情的真相犹如二乘二等于四一般再明显不过了。

放学后，她沿着院子走着，用脚踢着小冰块。该不该说？如果说，那要向谁说？卡佳？要是她不相信呢？萨沙？他一定当场弄死她！班主任？她肯定不会沉默，一定会向萨沙说是玛莎告的密。那样的话，事情会变得更糟。

怎么办？怎么办……小冰块飞得很远，碰到正在从雪堆里倒出来的汽车的轱辘，弹了回来。看着刺眼的碎冰块，玛莎差点没哭出来。她打从学校出来，就一路踢着这个冰块，和它都有感情了。可这下……粉身碎骨了……

"唔……真讨厌，"玛莎对扬长而去的汽车抱怨了一声，然后走进了自家的单元。

无心做作业，电视上净是无聊的节目，对电脑游戏也提不起兴致来。玛莎在家里来回踱步，手里一会儿拿着课外书，一会儿拿着课本，一会儿拿着光碟，一会儿又拿起那套刺绣用具。她的刺绣手艺已经有三年都停留在初学者的水平上了。

突然，妈妈进了门。

"你怎么还没收拾好？咱们半个小时后就得出门，怎么还没换衣服？"

玛莎很想用手堵住耳朵，但是她没有这么做，因为她很清楚，妈妈还会用更高分贝的声音催促很久。

吃也吃不下，衣服也不想换，马上要开始的训练让她觉得心烦。在妈妈那千篇一律的背景音下，玛莎突然有了一些疯狂的想法。悄悄写一封匿名信……或者打个电话……匿名的。但是这年头怎么能打匿名电话呢？所有电话号码都是可以追踪的呀！就算要打电话，又要给谁打呢？说什么呢？

一方面，卡季卡哭了，让人觉得可怜。另一方面，萨沙又没有给她改成2分，他的初衷是好的……总之，告密是不好的行为！

"妈妈，告密是不是不好？"

妈妈慌了神。

"当然不好了，"然后她又开始继续唠叨，说赶紧收拾好出门才能"确保赶上所有的行程……"

在车上，看到车门的窗户上蒙上了泪水般的水珠，玛莎又忍不住发问了。

"妈妈，如果你知道一些事情却不说出来，这算说谎吗？"

妈妈又一下慌了神，这回变得警觉起来。

"你最近是不是有什么事？"

"没有，没什么事。"玛莎说着，把鼻子贴向了窗户。

鼻子周围立刻出现了一团模糊的哈气。

"那怎么会呢，"妈妈小心翼翼地回答说，"如果你不说，就对别人不好呢？……真的没什么事吗？"

对别人不好。卡季卡哭了。但是如果玛莎说出真相，那么哭泣的就会是萨沙。但是他……他……玛莎倒不是喜欢他……玛莎觉得，这些情情爱爱的都很愚蠢，都是假象。但是一想到萨沙会受伤，她又莫名地想哭……

"妈妈，我头疼，我今天不能跳了，"玛莎说道。

"喂喂，我们可已经到了！"妈妈发火了，"快去！以后少在沙发上坐着！"

玛莎砰的一声摔门走了进去，磨磨蹭蹭地走向了文化宫的入口。不知怎地，她想起了四分五裂地飞起来的冰块。"就像我的心一样！"玛莎想了想，又立刻回过神来。

"呸呸，不应该想这些！"玛莎打起了精神，摇了摇脑袋，便跑去练舞了。

回来的路上，妈妈忙着赶路，所以也没有开口说话。甚至当交警挥舞着那个黑白相间的指挥棒一把拦下她的时候，她都没有开口。玛莎已经做好准备要破解妈妈的唇语了，因为每次遇到这种情况她都不好意思在女儿面前大声说求情的话……但是这回妈妈只是紧紧地抿着嘴，停了下来。

"亲爱的市民，您违规了！"年轻的士兵嬉皮笑脸地冲着摇下来的车窗说道，"您怎么可以这样？车里载着小孩子还要违规？"

"想快点回家，"妈妈笑着说，"已经很晚了。"

"遵纪守法才能远走高飞！还不用交罚款！"交警继续用愉快的口吻说道，"这回就得有劳您去警车那里填罚单了。"

妈妈叹了口气，开始解安全带。

"妈妈，你求求他吧，他肯定会放过你的，"玛莎哼哼唧唧地说，"他们不是每次都放过你吗！或者就让你坐在车里填……"

"我不，"妈妈挥了挥手，"今天我不想这么做。我的确违反了交通规则，他也是按规矩让我停车的。我现在就过去，然后诚实地按收据交罚款。"

"你这是要给谁证明什么？"玛莎喊道，但她差点被窜进车里的穿堂风给吹跑了。

过了二十分钟左右妈妈才回来。她把收据塞进了收纳盒里，然后规规矩矩地开起了车。

"你不心疼吗？"玛莎用头指了指收据。

"不心疼，"妈妈笑着说，"我不想低三下四地向他们求饶……交了罚款，问心无愧。多好！"

就在这一刻，玛莎做出了决定。

当萨什卡得知他那天被玛莎看到了以后，他的脸刷地一下变得通红。他起初威胁她，后来向她求饶，再后来又说要从他姐那儿搞到那部旧手机送给她，说那手机比玛莎的新手机还要好……

玛莎觉得又害怕又丢脸又好笑："总之，萨什卡，我已经告诉你了，现在该你自己决定怎么做了。反正我问心无愧。"

萨什卡朝着她的背影喊了些什么，但玛莎除了如释重负外，已经感受不到任何别的情感了。

接下来的那堂课，班主任老师走进来说，学校的行政部门要郑重向卡佳道歉。因为那个擅自修改日志成绩的人已经自首了。

"是谁啊？"班级同学们急切地问道。

"这不重要。"老师挥了挥手便离开了。

放学后，玛莎看到满脸通红的萨沙站在卡佳面前，甘愿让她用书包打自己的头。

之后，他们一起回家了。萨沙帮卡佳拿着书包。卡佳帮他抖了抖大衣上的雪。

玛莎的喉咙一下子哽住了。

"我其实可以不说的……"她心想。随后又回想起了昨天心乱如麻，明白过来，不可能的，不可能不说的。

"更何况，我又不相信爱情！"玛莎想道，并咯吱一声用鞋跟踩了下无辜的冰块。冰块粉身碎骨。

习惯的力量

维季卡整晚都辗转难眠，因为他知道应该靠近列拉——对着她的额头！

意思是——对着她的眼睛！

意思是——说！

因为……（这时维季卡尤为卖力地翻了个身）因为他爱上她了。

他心中洋溢着无限的浓情蜜意。就像看 5D 电影的时候一样。尤其像看到了转椅还能走路时的心情一样。

维季卡来到厨房，把一大瓶过滤好的水喝了个精光。

回到了屋里，他胸中已有成竹。他一定要说！就这样，靠近她，然后……

他需要一些说辞。难道只说"我爱你"吗？维季卡尝试着在心里默念几遍，然后小声说了出来。随后，那被过滤了两次（第二次是在维季卡的身体里）的整整一瓶水央求着主人快点释放自己。

放过水后，他再也没有忍住，大声说出了口：

"我爱你！"

听着有点沙哑，而且并不让人信服。

从洗手间出来的路上，维季卡撞到了向着门的方向瞪大眼睛的爸爸。

"全都被听见了！"维季卡心想，"得蒙混过关！"

"都是通风设施搞的！"他解释道，"我们家不隔音！"

爸爸的眼睛已然瞪得很大。

"我说，全都能听见！"维季卡提高了嗓门。

爸爸打了个冷战，回过神来，嘴里嘀咕着什么公共区域不是给私人用的，而是大伙一起用的，并钻进了洗手间。

维季卡给枕头换了个位置后躺下，头朝着门的方向。平时他是不喜欢这么躺的。

"得换一个方法，"他发起愁来，"难道要写情诗？"

情诗怎么也写不下去，但不知怎地，他回忆起了三年级的时候，有一次课间他和列拉打得很凶的场景。她当时又瘦又小，还比他矮，但却用书包狠狠地打了他一通。维季卡觉得，他对她正是那个时候有了心动的感觉的。而这种感觉到了四年级进一步加深了，他养成了扯她辫子的习惯，因为当时列拉就坐在他的正前方。

"想当年啊！"维季卡叹了口气，羡慕着曾经的自己。

闹钟和妈妈三番两次要叫醒他，他都没有予以理会。因此，尽管他飞奔去上课，还是迟到了。他整堂课都在绞尽脑汁地想，但除了经典的"我爱你！"之外还是什么都没有想出来。

巧的是，第一堂课下课后，列拉没有像往常一样和那帮女生在一起，而是一个人在窗边静静地站着。也许是看到了街上的什么吧。维季卡屏住呼吸从背后悄悄地走近了她……

列拉连背影都是那么好看。

就连她那怪模怪样高耸的马尾辫，看起来都是那么美好……

维季卡站在那里，意识到已经不能再憋气了。

他扯了一下列拉的辫子，然后就跑掉了。

那一晚，他睡得很香。

大灾难

当尼基托斯马上要拐到水槽那里打死最后一个敌人时，家里突然停电了。他顿时火冒三丈，怒吼了一声，并来到了走廊。爸爸早就教过他该怎么打开电闸了。不知道为什么，爸爸管那东西叫"塞子"。

走廊里伸手不见五指，就像"暗黑破坏神"里的地下世界一样。在黑暗中，尼基塔不小心碰到了什么软软的生物。

"哎呀！"这个声音是邻居捷连季·米哈伊洛维奇的，"轻点！"

"我就是想打开电闸……"

"没用的。整栋楼都没电了。"

尼基托斯摸黑来到了门口，走进了漆黑的房间。电脑关机了。电视也打不开。伸手去够手机时，他才想起来，手机白天就没电了。懊恼的尼基塔拿起了座机的听筒，打算给朋友打电话，没准有人会让他去一起玩电脑。可是听筒没有反应。"对了，"尼基塔这才意识过来，"座机也是靠插电的。"

他站在房子的中央，感觉到有点恐怖。不知从哪传来了奇怪的沙沙声。角落里有什么东西在嘎吱作响。通过虚掩的浴室门缝，他好像能看到一个黑影在晃动。而最主要的问题是——无所事事！自家的房子变得陌生，变得充满敌意。所有的一切都仅仅是由于停电了！

"这可真是世界末日啊！"尼基托斯心想。

三八妇女节

男生们

每年的 2 月 23 日，我们班的女生们都会想出一些点子来祝贺我们[①]，而今年她们更是异想天开，不仅给我们写了诗，为我们班改写了一首歌，还把整个板报都献给了我们！她们搜集了我们的照片，进行了一番巧夺天工的处理：拉多姆斯基的脑袋被安在了施瓦辛格的身子上，维季卡被某个时髦的金发女郎拥入了怀中，尼基托斯则被放在普京和梅德韦杰夫的中间……总之，她们费了不少心思。

她们还精心准备了礼物——给每个人都送了五个小时的网吧使用券。我们之前都不知道还有这种优惠券存在。这当然是有要求的，这五个小时要一次性用完，且要在三月八号之前。不过，这件事总体上让人很开心。女生们还给每个人都送了写有祝福和暗示的贺卡。维季卡挥起了拳头，因为她们把他比作一头狗熊。洛普赫对伊莉莎有好感，所以有人在贺卡末端添了一笔："特别来自伊拉。"上面还有口红的印迹。这可能不是伊莉莎本人弄上去的，但不管怎样，洛普赫都高兴得手舞足蹈。

女生们都放学回家了，而我们却留了下来，争着要看彼此的

---

① 2 月 23 日是俄罗斯的祖国保卫者日，俗称男人节。

贺卡。"给你写了些什么？"连弗拉季克·罗日科都被问到了——一般大家是注意不到他的存在的。倒不是因为不喜欢他，只是他就是那么……不起眼。他在我们班已经三年了，都没和谁交上朋友。话又说回来，和一个家里没有电脑的人，有什么话好说的呢？

起初他感到难为情，再三推脱，但洛普赫和基留哈捆住了他的双手，把贺卡抢了过来。罗日科的贺卡上没有什么特别的，但是她们管他叫沃罗佳，而不是弗拉季克。

"这帮白痴！"拉多姆斯基把贺卡还给主人，并说道："三年了，连个名字都没记住！"

"她们不是白痴……"罗日科一边小心翼翼地收起贺卡和优惠券一边小声地反驳道："我本来就是叫弗拉基米尔，而不是弗拉季克。"

我们都半信半疑地看着他，不过这个弗拉季克·罗日科看起来并不是在开玩笑。

"那你怎么没纠正我们？"尼基托斯惊讶地问。

"我纠正了……好几次……不过后来又觉得有什么区别呢……"

"那女生们是怎么知道的？"拉多姆斯基没有罢休。

"可能是在班级日志里看到的吧……"

这时，维季卡插了一嘴。

"对呀，有什么区别呢！我们赶紧想想三八节该做点什么吧！"

尼基托斯皱了皱眉头："现在离三八节还有好长时间呢！"

"还有两周，"弗拉季克拘谨地说道。

他也就是现在的沃罗佳。

拉多姆斯基不满地瞥了他一眼，说道：

"好吧，那我们想想吧。但别弄什么诗歌配照片这种小儿科了，想想真正高大上的。"

"来，"维季卡激动地说，"我们剪辑一个她们的视频怎么样！咱不是有各种演出录像吗！"

"好主意！"洛普赫附和道，"然后我们亲自配音！我跟我哥要音响设备……"

"好啊，"拉多姆斯基表示同意，"但这还不够。礼物送什么呢？"

大家各抒己见……

女生们

"你看见他那开心的样子了吗？看见没？看见没啊？"

塔尼卡对着话筒嚷嚷道，完全不顾行人向她投来的目光。

"他一下子就朝我这个方向看了，他猜到是我写的了！啊哈！你看见他们看到板报的时候的样子了吗？我以为我会笑死呢！好吧，拜拜！"

塔尼娅向前走了几步，看了看安静的手机，立马又拨通了下一个号码。

"柯秀哈吗？你好啊！啊哈！回家呢？怎么样，一切顺利？啊哈！不，今年他们肯定要祝贺我们的！他们怎么可能憋着不祝贺呢？最好是邀请我们去咖啡厅，或者在班里开一个舞会。什么？为什么不跳？总之，让他们也为三八节动动脑筋吧。我们四处奔走，还不是为了给他们弄那些优惠券。不，最好还是送花，而不是糖果。什么？当然了，两个都送更好啊。因为糖果当场就吃掉了，鲜花还能放上几天。我吗？我喜欢玫瑰。不，不想再要那个颜色了，我想要黄色的。啊哈。我也觉得最好还是送我们郁金香。好吧，拜拜！"

塔尼娅停下脚步，看着太阳从雪后的乌云中悄悄地探出了脸，开心地呼出了一口气。她的手机即刻又响了起来。

"喂？嗯！伊莉莎，你好啊！我刚和柯秀哈聊天来着。啊哈！今天真棒！你说什么？真的假的？他亲口对你说的？给你发的短信？嗯，再见！"

塔尼娅换个手拿手机，又拨了个号码。

"柯秀哈啊！你知道吗，刚刚伊莉莎给我打电话，说拉多姆斯基给他发短信说男生正在给我们准备惊喜呢！他们还会请某个人的哥哥帮忙！别的班的女生该嫉妒死了！好吧，拜拜！"

塔尼娅进了屋，把书包扔到一边，扑通一下子坐到了沙发里。

"快点儿到三八节就好了！"她向着天花板呼出了一口气，"快点儿到三八节就好了……"

男生们

我们聚集在基留哈的家里。他哥哥刚好是个出色的程序员。我们都寄希望于他。虽然他哥哥这会儿没在家，但据基留哈说，他已经手把手教会自己了，一切都很简单。

趁电脑启动的时候，基留哈连续重复了三次"都很简单"。我们挤在他的背后，只有弗拉季克·罗日科没有地方，于是他找了个角落坐了下来。

"总之，"列宾动了动鼠标，在显示屏上寻找着需要的图标，"我们得先找到编辑器……"

这并不是一项简单的任务。基留哈他哥的显示屏硕大无比，大概有 30 英寸吧。桌面上零零散散地放着好几十个图标。

"哦！"看到熟悉的图标维季卡欣喜地喊道，"这可是'死亡空间 2'啊！"

"真想看看，"拉多姆斯基满脸期待地说，"在这种显示屏上会是什么效果……"

枪战看起来爽极了！尤其是加上挂在房间各处的木制小音响

的音效。我们按顺序轮流闯关，还把弗拉季克（还是叫他弗拉季克好了，不想再费脑子记了！）叫了过来。他顺从地坐了下来，在游戏里来回走了走——一下子被一个从角落里跳出来的绿毛怪兽给弄死了。弗拉季克立刻跑回了角落里的椅子上，把头埋进了书里。真是个奇葩！

一切都很美妙，只是女生们发来的令人目不暇接的短信让我们有点分神。原来，拉多姆斯基和她们说漏了嘴，所以这会儿女生们迫不及待地想要打听我们到底在鼓弄什么……

基留哈的哥哥回来后，我们才想起了视频剪辑的事情。他残忍地打断了我们的游戏，把我们从电脑前赶走了，不过还是给我们演示了应该如何剪辑视频。果然是小菜一碟！我们想马上动手，但那时候才发现，谁都没有带录像过来。

我们约好明天再聚。

而弗拉季克最后向基留哈的哥哥要了本自学教材——《两小时内学会视频、照片剪辑》，这本书他整晚都在翻，都快翻烂了。真是个屌丝！这年头谁会啃着书本学程序啊？

女生们

这两周过得出奇地慢！

连假期都没这么难等！主要是男生们每天都聚在一起，神秘兮兮的，却没有对我们透露一言半语！

就连伊莉莎都没能从拉多姆斯基口中得到任何线索。2月23日后，他马上向她表白了。他们俩还暗地里约过一次会。伊尔卡只告诉了塔尼娅，塔尼娅只告诉了柯秀莎……到了第二天，全班同学的话题都是关于他们约会的，比如拉多姆斯基带伊拉去哪儿啦，他们吃了些什么，为什么他们点了海鲜披萨，却给他们上了难吃的菠萝披萨，等等。帕弗里克大发雷霆，说女人就知道嚼舌头，以后无论如何都不能相信她们。洛普赫饶有兴致地打听——帕弗里克发那么大的火，是不是因为伊莉莎拒绝了他的吻。拉多姆斯基坐立不安，除了普列皮亚欣以外，他没有告诉过任何人呀！

后来，拉多姆斯基的气消了，可他还是闭口不谈——我就是不告诉你们，你们接着嚼舌头吧，反正是会有惊喜的。

哎……刚过了一周，还要等好久……

昨天，当我们挤在化学办公室门口的走廊里的时候，从办公室里走出了二班的女生们。她们先是给我们讲了小测验的情况，说一点也不难，只有两个选项，然后又用满不在乎的口吻对我们说：

"三八节我们班男生给我们订了蛋糕。有三公斤呢！上面写着：'致七年级二班的女生们。'里面是蛋白脆饼，上面全都是玫瑰。"

"你们是从哪儿知道的？"塔尼娅问道。

"阿尔乔姆的妈妈去订的蛋糕，她告诉了达莎的妈妈，然后她妈妈私下告诉了另一个人。不过，现在所有人都知道了，还算什么秘密呀。"

"不就是一个蛋糕嘛，"米尔卡满脸不屑地说道，"我们班男生打算给我们来场表演呢，已经排练一周了，还要送花、送糖，晚上还要在班级里组织舞会。"

二班的女生们惊讶得下巴都要掉地了，不过只碰到了窗户。

"我们……但是我们……我们也有……"

当她们还在郁闷地嚷嚷的时候，我们昂首阔步地走进了办公室。到时候她们就会知道的！更何况吹牛也不太好！

男生们

视频剪辑原来是件非常枯燥的事情，尽管用的是基留哈他哥的超级给力的电脑，每一段视频处理起来也要平均花上十分钟。我们坐在旁边，发着呆……大家很快就不耐烦了。

洛普赫提议我们想点简单的，比如蛋糕啦，糖果啦，但当场就被否决掉了，更何况二班男生正好也要订蛋糕。

"他们真是又没脑子又没想象力!"拉多姆斯基气愤地说,"你也想变成那样吗,洛普赫?"

洛普赫即刻否认,说希望能有更厉害的点子。比如,做一个超级大的蛋糕,我们所有人都爬到上面去。大家都喜欢这个主意,但尼基托斯给我们泼了凉水:"我们在哪儿送啊?在马路上吗?那么大的蛋糕,怎么弄到学校里去啊!"

于是,我们决定只把一个人塞到蛋糕里去。洛普赫马上说道,既然主意是他出的,就应该让他进去。但这也不是办法,因为洛普赫那家伙肯定会等不到送蛋糕,就从里面把它给吃了。

"得找个瘦小点的!"尼基托斯建议道,"比如弗拉季克!"

又一次脱离大伙坐在一边的弗拉季克瞪大眼睛盯着屏幕,打了个冷战,并连忙摇了摇头。大家开始冷嘲热讽起来,让他着实害怕。这时,第一个文件做好了,大伙聚到了一起,想研究一下该怎么把它截成几个部分。弗拉季克趁这个机会,溜到了一边。

又折腾了半个小时,我们还是没弄明白该怎么把视频截成小块。基留哈他哥可是给我们演示过的呀!当时,所有人都看了,但谁也没记住。我们决定先转换所有文件的格式,然后再截成小块。

趁电脑还在嗡嗡运转的时候,我们又想了想还有什么好主意。维季卡的点子最牛掰:把电源插座弄到女生们的凳子旁边,在祝贺她们的那一刹那给她们通上电。我们想象着这个场面,捧腹大笑了一番，后来又觉得她们挺可怜的……

那天，我们只来得及把所有的视频都转换成了需要的格式，基留哈的哥哥就回来了，把我们骂了一通，说我们糟蹋了他的硬盘。原来，是我们设置有问题，所以才会花了那么久的时间，而且转出来的文件都很大。

之后，我们的工作被中断了，因为基留哈的哥哥要做一个紧急项目，而用我们自己家里的小电脑根本完不成视频剪辑。

这时，尼基托斯又想出了一个好主意——激光秀。我们拿着激光棒捣鼓了三天，各种对骂，发现太容易发生争执了。

随后，新主意又层出不穷。

当我们终于弄明白视频剪辑是怎么回事的时候，拉多姆斯基接到了弗拉季克的电话（那家伙不知从什么时候开始已经不来参加我们的聚会了），用抱歉的口吻问道：

"你们都做好了吗？我想往里面放几张照片……我去了趟网吧，用图像处理的滤镜弄了点……"

"明天带过来吧，"拉多姆斯基宽宏大量地说，"我们给你放上去。"

"可是明天就是三月七号了，"弗拉季克的声音变得好像他犯错了一样，"可能来不及……"[1]

拉多姆斯基看了看墙上的日历，变得哑口无言。

---

[1] 俄罗斯的三月八日是法定节假日，因此学生们会在三月七日庆祝妇女节。

我们最终还是没做成视频，但决定明天一早再碰头商量怎么办，然后各回各家了。

女生们

三月七日，学校里洋溢着浓浓的节日氛围。教导主任还会站在校门口盯着让我们卸妆吗！今天我们是有权利拒绝的！

主任的确没有吹毛求疵。她眉头紧锁，闷闷不乐，但还是把持住了自己。她甚至把米尔卡都放过了。那丫头兴致勃勃地给自己喷了一整瓶香水，涂了一整支口红。不过，米尔卡那浓郁刺鼻的香水味足以让所有人给她让路。

第一节课前，男生们围成一团，低头商量了许久。我们像女王一样故作矜持，好像什么都没有察觉到一样。

之后，所有男生都跑出了教室。

"肯定是去买花了！"伊莉莎心想。

我们纷纷回到自己座位坐下，强忍着笑，把鼻子埋进了练习册和课本里。上课铃响了，奥林匹亚达·萨韦利叶夫娜轻盈地走进了教室。

"我们的男子汉们在哪里？"她低声一吼。

她并没有生气，她的声音向来那样——略为低沉。

"跑去取花了，"柯秀莎眉飞色舞地说。

她说得没错。尼基托斯和帕弗里克跑进了教室，手里拿着一束郁金香和一包糖果。

"奥林匹亚达·萨韦利叶夫娜！"尼基托斯火急火燎地说。

"三八节快乐！"帕弗里克大声喊了出来。

"我们共同祝愿！"

"祝您……"

"健康、幸福！"

"富贵！"

"我们全班男生及家长敬上！"赶在祝福的最后跑来的洛普赫气宇轩昂地结了个尾。

我们所有的女生和奥林匹亚达一起开怀大笑了起来。

奥林匹亚达也祝贺我们节日快乐，祝我们都有春天般的心情，然后便开始上课了。可是，当讲桌上摆着五颜六色、充满春天的气息的郁金香的时候，脑子里怎么可能一心想着动词变位呢！

男生们

我们能想到的也就是给老师送花了。实话说，这还是拉多姆斯基的爸爸塞给他儿子几张钞票，义正词严地命令我们的结果：

"你们一定要给班主任买花……还有其他你们觉得有必要送的老师。"

可是，我们还得想想为我们班的女生做点什么呢！我们没打算给每个人都送花，送班主任就够了……还有奥林匹亚达老师——她是个严厉的大婶儿，要是我们没送她，她肯定会记恨在心。

而对于如何在五分钟内想出超级牛掰的点子来祝贺我们班的女生，我们想破脑子也没想出来。只好再次解释——这回是给弗拉季克——蛋糕啦、糖果啦、鲜花啦，都不够酷。我们要弄点高大上的。

更何况我们身上也没有那么多的钱——不够给每个人都买花的。

"既然这样，"尼基托斯说道，"那还不如不作为！"

所有人都支持他的想法。大家都觉得，这才是最高大上的做法。

但是在放学铃响后，我们一个个都跑得比蟑螂还快，尽量避免看见彼此的目光。只有维季卡还有胆子给米尔卡打个电话，至少祝贺了一下她。

女生们

我们站在校门口。周围早就没有我们班男生的身影了。他们早就跑掉了，而且没有坐车，因为学校旁边的公交车站也没有他们的影子。

米尔卡一直嘀咕着难听的话，列拉站在那里心不在焉地看着自己的手机，而其他人则怅然若失地环顾着四周，被太阳晒得眯起了眼睛。

这时，米尔卡的手机铃声响了起来，是尖细的女声唱的歌。她没给我们听听这首时尚歌曲的机会，立刻插上耳机。

"嗯，维杰奇卡。谢谢！总算还是有真正的男人的，不像某些人。当然，我一定去！再见了，亲爱的们，我去约会了。"

米尔卡踩着高跟鞋转了个圈，开始小心翼翼地走下校门口的台阶。

我们站在原地，垂头丧气地看着她的背影……就像……注定一辈子孤独的人那样……

阳光普照着大地，春日的泥泞在脚下嘎吱作响。米尔卡小心翼翼地跳过坑坑洼洼的地面，有点重心不稳。她用书包维持着身体的平衡，有几次差点摔倒。然而，在我们的眼里，她是顺着四周铺满鲜花的平坦大路走下去的——顺着那走向幸福的大路。

"咱们去吃冰淇淋吧！"塔尼娅出其不意地提议道。

"什么？"我们问道。

"去吃冰淇淋！"塔尼娅一边叫唤着一边大笑起来，"咱们这还是不是在过节啊？反正我打算取悦一下自己。而那些……他们关我们屁事，对不对？"

"没错……"列拉也振奋了起来。

"难道我们要在这里暗自神伤吗？"伊莉莎补充了一句。

"就让他们自己在家待着吧！"波琳娜总结道。

离学校最近的咖啡厅里没有什么人，只有两对已经成年的情侣用惊奇的目光看着涌入咖啡厅的七年级的姑娘们。

"给每个人都上一份冰淇淋！"塔尼娅用洪亮的嗓音点了单。

我们哄堂大笑，然后便开始七嘴八舌了起来……

"呵呵……我们猜啊，猜啊，猜他们到底要送什么，结果还是没猜到。"列拉笑着说。

"白打扮得这么漂亮了。"

"记得他们是怎么窃窃私语的吗？这帮大舌头！莫非是在商量怎么避开我们？一群没用的家伙！"

"你说他们课间都跑哪儿去了？"

"我们不应该白白放他们走！应该追着喊：'把礼物拿来！'"

"应该把他们绑在课桌上！"

我们哈哈大笑着，津津有味地就着炼乳点心喝奶昔。

"吃饱了就想睡！"塔尼娅嘿嘿一笑。

"我好撑啊！"列拉呻吟着说，"我待会儿还有训练呢，估计我脚下的冰都会裂开的。"

我们爽朗的笑声吓得调酒师把手里的调酒器都弄掉了。

"这样真好！"约莫一个小时过去了，塔尼娅呼出了一口气，心满意足地眯起了眼睛。

我们已经笑不出来了。大伙都没钱了，也吃不下什么东西了。

塔尼娅突然睁开了双眼，说："听我说！如果男生们给我们庆祝了节日的话，我们是不会来咖啡厅的！"

"说得没错，"卡季卡不知为何小声应和道。

"我们给他们发短信吧，就说，感谢你们做的一切，"柯秀莎提议道，并把手机掏了出来，"让他们吓一大跳！"

男生们

事有凑巧，所有男生都聚集到了网吧。这也没什么奇怪的，因为我们收到的优惠券今天就要到期了，毕竟要把它们用掉嘛。之前根本没有时间用，因为我们一直在准备为女生庆祝节日的事情……

就连弗拉季克也来了，但他并没有看别人一眼。他扑通一下坐到电脑前，从书包里拿出了一本书，开始埋头看起来。他把电脑里的图片处理软件打开，在那里鼓弄着什么。哎，还不如和大家一起玩"使命召唤"呢！

说实话，刚开始我们玩得没精打采的。不管怎么说，三八节庆祝计划就这么泡汤了。过了一会儿，维季卡出现在了门口，并喊道：

"我看见我们班女生了！"

他立即被网吧管理员警告了，但我们都好奇地围住了他。

"她们在那个角落的咖啡厅里，"维季卡悄声说，"正吃着冰淇淋有说有笑呢……总之，看着心情不错的样子！"

我们以为维季卡在开玩笑。但就在这时，好像说好了一般，大伙纷纷收到了来自她们的短信："感谢你们的节日祝福！""你们真给力！""祝贺得好，谢谢！"

也就是说，没人发牢骚，也没人埋怨我们。我们打起了精神，重新投入到了战斗里去。大家都斗志昂扬，还打破了网吧的纪录。管理员大为不快地嘀咕着些祝贺的话，并给我们发了奖——一个U盘，不过也不是什么好货，才1G的容量。我们为谁拿这个奖品争执了一会儿——因为谁都不想要。这时，弗拉季克突然冒了出来："能不能给我用一下？我正好有点东西要拿去打印……我打印完了还你们！"

我们欣然把这个次货给了那个呆子，又开始摩拳擦掌，争着刷新我们自己的纪录。

太牛了！虽然离破纪录还差一点，但这回最高分榜单的前两行都被"71团队"霸占了。

在一片喧哗中，弗拉季克又不知道溜到哪儿去了，而且也没把 U 盘还回来。

女生们

当我们终于打算起身离开的时候，咖啡厅的门开了，沃罗季卡走了进来。

他就那么悄无声息地出现了，走进来时连门都没有关。

他从门口那里慢腾腾地走向了我们，费力地拖着双腿，仿佛他的运动鞋突然变得每只都有二十斤重一样。

"你，你们好啊。"他盯着地板说道。

"你好。"我们声音此起彼伏地回答。

"节日快乐！"沃罗季卡低声地说，"我就是……我想……总之，没来得及……大家都散了……然后维季卡告诉我说看见你们来这里了。所以我就想……把这个给你们！"

沃罗佳把一沓照片放到了桌子上。

"呀，"塔尼娅低声说，"这不是我们吗？"

第一眼看上去，照片上是非常耀眼的一束鲜花。只有仔细观察才能发现，每一朵花上面都坐着一个女孩，就像拇指姑娘一样。

我们都没有说话，足足有五分钟的时间都在细细打量这个艺术珍品。每个人的造型都不一样：列拉穿着冰刀，伊莉莎穿着华尔兹舞蹈裙，米尔卡无比性感，而塔尼娅呢，好像在伸着双臂跑向太阳。

"你们在哪儿弄的这些照片？"波琳娜惊讶地问。

"VK上啊！那有一堆你们的照片。请你们原谅我，我没有经过你们的同意，不过我想给你们一个惊喜。"

"意思是你弄的？"塔尼娅甚至欠起了身来，"这是你一个人弄的？"

沃罗佳嘟囔着说，他没来得及搞明白怎么弄视频，网吧的电脑又不怎么样，照片弄起来还简单一些。他本来想把这个照片放在视频里弄成片花，而当他在最后一堂历史课上交作业的时候，所有男生都不见了，看来是趁他不在给女生们送了祝福，然后都跑掉了。

"所以我决定把这个照片给你们洗出来。每人一张。要不然就白做了。"沃罗季卡显得非常窘迫，他的头越来越低，说得像悄悄话一样，"我知道这很小儿科。如果你们不喜欢的话，也可以不拿……"

"哪里的话！"塔尼娅喊道，"这太棒了！原来，你在这群男生里是最棒的！对了，你怎么处理颜色的，我每次用软件处理头部那里的时候，颜色总是不太对劲。"

"这没什么难的，"沃罗佳笑着说道，"把一部分弄模糊就行……"

"你快坐下！"波琳娜把自己身旁的椅子腾了出来。

她们用自己没吃完的点心和一杯凉了的茶水款待了沃罗季卡。

他真厉害！原来，他练了五年武术，读了很多有关东方哲学的玄之又玄的书，还能在没有氧气罩的情况下潜水十米。

他还邀请我们全部女生去他家喝茶、吃点心。

而我们怎么也欣赏不够那张照片，一会儿这么看一会儿又那么看。我们打算晚上所有人都把自己的 VK 头像换成这束花的照片。

我们大家还和沃罗季卡一起照了相。我们决定把这张照片也放到 VK 上。

男生们

弗拉季克原来如此卑鄙！当我们还聚在网吧的时候，他居然在给女生们处理什么照片，还亲手交给了她们！还不是以大家的名义，而是以他一个人的！女生们当然欢呼雀跃了，还请他吃了冰淇淋。

然后，她们和这个呆子一起合影，还上传到了 VK 上！这一切难道不足以证明，这家伙是个卑鄙小人？！

为健康干杯！

列拉觉得自己特别不幸。

事情的缘由是这样的：塔尼娅·洛帕欣娜诉苦说她奶奶生病了，并说起了她去医院看奶奶的经过。医院里一切都那么可怕。塔尼娅在描述的时候甚至还掉了眼泪。自然，大家都把她围了起来，开始打听是怎么回事。而别人越是问，她就越是详细地讲了起来。

随后，波琳娜也加入了进来，讲起了她去年在医院住院的经历。说她旁边病床的女人自己吃不了东西，只能通过管子喂她，还说她隔壁房间的男孩死了，波琳娜还见到了他的父母。他们站在走廊的最末端。病房里的女孩们都跑去看他们，而他们只是站在那里，遥望着窗外。

之后，伊莉莎说到了她的亲姑姑死去的情景，说她差点没赶上见她最后一面。是啊，没什么能难倒伊莉莎，她一直是命运的宠儿。

之后，卡佳走过来，说她奶奶已经有一年多卧榻不起了，有时候她还要给奶奶换尿不湿。

而米尔卡则讲了她是如何偷偷地进病房看妈妈的，因为他们不让她进去。她巴结了一个男护士才能进去。

"之后我们就相爱了……"米尔卡陶醉地翻了翻眼皮。

但是大家没给她继续讲述她的爱情的机会，打断了她，让她继续讲关于医院的事。米尔卡也欣然答应了！讲得洛帕欣娜都想吐了。

只有列拉一个人，完全没有任何东西可以讲。

她长这么大还从来没去过医院。她所有的亲戚，好像故意的一样，都很健康，而且看来打算健康地活一辈子。

当她向其他女生提到这一点时，她们都一脸同情地看向了她。

"你别气馁，"塔尼娅说，"没准你会生病的，比如中毒什么的。"

"或者腿骨折了，"米尔卡随声附和道，"有个我认识的女的骨折后住了四个月的院！"

"或者，比如你也可以得流感！去年很多人都因为流感去了医院！"伊莉莎建议道。

列拉这才稍稍振奋了起来。她的同班女同学们还是挺不错的！都十分为她着想。

失败者

真是疯狂的一天。和这疯狂的一周中的每一天都别无二致。

每天到下午四点都要在学校上奥数班，然后去练舞，苦练上两个半小时。差不多八点才能到家，那会儿已经是半死不活的了。还好老师公开批准了我可以不做作业！

和以往一样，重大的赛事总是凑在同一天举行——全区数学奥林匹克竞赛和全市国标舞大赛！还好时间错开了，数学竞赛上午九点开始，舞蹈比赛下午四点开始。中间我可以吃点东西，还能不慌不忙地做个头发。

早上没有时间磨蹭。所有人都在过周末，爸妈还在睡觉，可我却一大早就起床出门了。数学竞赛的参赛者们每次都会提前在校门口集合。

在去赛场的大巴上，瓦莲京娜·弗拉基米罗夫娜又一次试图给我们讲一些可能会遇到的题目以及它们的解法。虽然我知道这个时候什么都听不进去，但我还是努力地去听、去理解了。

瓦莲京娜立刻把我拉回了现实世界："伊拉，集中精力！你得晋级全市比赛！你是有机会的！你一定要做完所有的题目！"

"我知道，我会努力的。"我精神饱满地笑着回答。

数学老师满意地点了点头。

"大家都好好学学伊琳娜，"她对所有人说，"她是大家的榜样。"

在教室的入口，我一贯地咧着嘴笑了一下，露出了所有的牙齿，好似海报里的模特那样。

我能做完。我必须做完。我别无选择。

题目并不是最难的，还可以更糟糕。有两道我非常有把握，有两道也差不多……还有一道……我绞尽脑汁去解那道题，花了将近两个小时，最后终于有了一点希望……但是时间不多了。最后半个小时，硕大的教室里只剩下包括我在内的三个人。其他人早就走了。有的全做完了，有的做了一点就绝望地离场了。无聊的监考老师用怨恨的眼神看着我们，脸上清清楚楚地写着他是有多想回家，有多烦这帮周六还不出去玩，却来参加奥数比赛的疯狂的学生。

完了。走投无路了。希望彻底破灭了。我知道我解不开第五道题了。

我像僵尸一样走出了教室。我如释重负地呼出一口气，因为瓦莲京娜没有在门口守着……丁零零！

哦，不！我为什么要摁接听！我犹豫了一秒，但最终还是接听了。

"喂，瓦莲京娜·弗拉基米罗夫娜。是的。正常。我做了四道题。"

"什么？？"一声尖叫让我差点把手机弄掉了，"怎么只有四道？！我可没想到啊，伊琳娜！这可是全区奥林匹克，你怎么能在这种场合掉链子呢！你听着，要是你闯不到市里去，我都不想和你说话了！"

我站在陌生中学的走廊之中，向窗外望去。下雪了。那么美丽，又轻盈又松软……

"你怎么不说话了？"手机里传来了叫喊声。

"对不起，瓦莲京娜·弗拉基米罗夫娜，到了全市比赛我一定努力……"

"你还不一定能不能晋级呢，"老师打断了我，"对了，205中学的学生们上课可没游手好闲地坐着，而是勤学苦练呢。他们那边竞争可激烈了。"

我叹了口气。我们学校和205中学已经有十年在争夺全区第一把交椅了，每次的奥林匹克都要拼个你死我活。要是今年让他们领先了的话，瓦莲京娜是不会原谅我的。

"对不起。"我又重复了一遍。除此之外，我真的无话可说了。

"算了，我们等等看，没准还有戏。"瓦莲京娜含含糊糊地挂断了电话。

我欣赏了片刻窗外的雪景，然后又立刻让自己清醒起来。一点了。我不能松懈。今天还有全市国标舞比赛，我要赶紧找回状态才行。

我中午只喝了一碗汤，不能吃太多。然后，我去盘了头发，用各种发胶固定住了，又给自己倒了半瓶除臭剂，熨好了裙子，还有皮鞋、发簪、丝袜……差点忘了选手登记簿！好，东西都带齐了，可以出发了。

妈妈把我撂到比赛即将进行的大楼旁，挥了挥手便开车上班去了。好吧，起码有一个人是轻松的也好。

阿尔乔姆已经在选手登记的地方等我了。旁边站着桑内齐（亚历山大·亚历山德罗维奇）——我们的教练——他紧张地来回捯着脚。凭我搭档那呆滞的眼神就可以判断，教练又在各种给我们洗脑了。

"记住，你们一定要登上领奖台！"桑内齐嘱咐着，紧张地环顾着四周，"这是关乎我们俱乐部的声誉的问题。不是你们，还有谁呢……总之，我们都寄希望于你们！"

阿尔乔姆点了点头。我又拿出了招牌式的露齿笑。

"哦！伊琳娜！好样的！"桑内齐笑逐颜开，跑到裁判席去了。

我们去热身了。

热身时，我们仔细打量了一下这些聚在舞池里的人。选手如云。在一切顺利的情况下，我们的竞争应该是从四分之一决赛才算开始。

"要保存体力。"当我陷进沉思，并卖力地跳着牛仔舞的时候，阿尔乔姆对我说道。

阿尔乔姆平时很少和我说话。他就是那样……像狮身人面像，没什么感情。有时候我会觉得，我在和假人模特共舞。

我们轻轻松松就进入了四分之一决赛。在这个阶段，与其使出浑身解数，不如跳得规范一些。这样才不会被扣掉技术分。

半决赛着实让人捏了把汗。我脑子里很清楚我们肯定能进到下一轮，但就是放松不下来。我全力以赴。桑内齐从裁判席那里投来了满意的目光。阿尔乔姆和平常一样沉默无语。

就连他在总决赛入围选手名单里找到我们这一对的号码的时候，他甚至都没有笑一下，而只是对我说："我们晋级了。"

语调没有任何变化，好像没有发生任何事情。

决赛开始了。这永远都是考验，一场对精神和力量的考验。我知道我很坚强。我可以忘记疲劳，忘记呼吸，一直跳到音乐结束为止。之后，一切问题都会接踵而至，但那已经是走下舞池之后的事了。现代舞部分我们发挥正常，而在跳拉丁舞之前我陷入了恐慌。要是我突然又双腿发软怎么办？要是又像上次那样最后一刻把某个部分跳砸了怎么办？

我走到了舞池，咧着嘴笑了，笑得嘴唇都疼了。我跳啊，跳啊，跳啊……然后突然意识到音乐快要结束了！我甚至出人意料地绊了一下！但愿裁判们没有发现！

颁奖仪式又是一次考验。

"获得第六名的是……"

剩下的五对选手松了口气。不是最后一名。太好了！

"第五名是……"

"第四名是……"

这回我们肯定能登上领奖台的!!!

我如释重负。我转过身,先是看到了桑内齐严峻的目光,后来又看到了让人莫名其妙的阿尔乔姆的脸。

好吧。我明白了。高兴得太早了。

"第三名是……"

"第二……"

我的心脏怦怦直跳,嘴巴被我咧到了最大。

"伊琳娜·布雷列夫斯卡娅、阿尔乔姆·别洛祖波夫,'俄里翁'俱乐部!"

"啊啊啊啊啊!"全场喊声雷动。

但是,我知道这喊声不是祝贺我们的,而是因为我们的背后那得了第一名的团队抱成了一团。今天是他们的日子,他们的节日……

站在第二名的领奖台上时,我斜眼瞄了一下桑内齐。他眉头紧锁。

那是因为获得第一名的又是"华尔兹舞者"俱乐部——我们的死对头。看啊,他们的教练在欢呼雀跃地和所有人拥抱……

总之,桑内齐给我们的每场表演都挑出了毛病——跳华尔兹时手过于向一边倾斜了,跳探戈时抢拍了,跳恰恰舞时阿尔乔姆失误了,跳牛仔舞时我绊了一下。

　　"对不起。"阿尔乔姆低下了头。

　　"对不起。"我像回音一样重复着。

　　然后，我把奖牌从脖子上摘了下来。它突然变得异常的重。

　　傍晚，瓦莲京娜打电话过来说我获得了三等奖。

　　"你晋级到市里了，"她干巴巴地说道，"恭喜。"

　　妈妈试图问这问那，问我今天过得怎么样，但是我挥了挥手。我累了，没力气说话了。我回到房间，到床上蜷缩成了一团，脸冲着墙。

　　眼泪差点夺眶而出，但我知道我不能哭。哭了也没用。怎么办才好呢？我真是个……失败者……

狗仔队

　　萨沙早该得到这部智能手机了。他在语文考试中得到了之前难以想象的 4 分 [①] 的好成绩，在行为举止方面连一个"差"也没得过。总之，当萨沙看到这部梦寐以求的手机时，他忍不住发出了咆哮声，就像嗅到了吸血鬼的怪兽一样。

　　爸爸努力做出严肃的表情，但是很明显，他稀罕这新玩具的程度都快超过他的儿子了。

　　"这有很多功能：wifi、蓝牙、JPS……还有录音功能……在哪儿来着……那个售货员还说，照相效果特别好。你看……这要怎么开啊……"

　　萨沙忍不住把手机夺了过来。这样不就开了吗？确实有 GPS（而不是 JPS）。太牛了！可以开导航！还有一些其他的按钮……

　　"好吧，"爸爸用嫉妒的眼神看着儿子的手指在屏幕上来回滑动，每次都会出现新的界面，"看来没有我他也能搞定。"

　　萨沙甚至拿着手机躺在了床上，这种举动自幼儿园之后就再没有过。不过，当时陪他睡觉的是毛绒玩具，而不是电子设备。

　　在学校时，他起码有三十次把手机从兜里掏了出来，要么是急需看时间，要么是要查邮件，要么看看 VK 上有什么新鲜事。每次拿出手机，他都能引来无数艳羡的目光，使得萨沙刚开始都

---

① 俄罗斯中小学的学习成绩通常为 5 分制，5 分满分，3 分及格，2 分及以下为不及格。

想过要不要弄一个套子把手机挂在脖子上，但他及时打消了这个想法。他又不是什么小女生！

他幸福得不能自己，忍不住想对别人使点坏。当然，不是真的做什么坏事，就是捉弄一下人家。售货员说什么来着？照相效果特别好？

脑子里酝酿出了个特好玩的计划：应该从各种不同的角度抓拍同班同学，然后放在自己的 VK 页面上！肯定会很搞笑！

萨沙开始一一给大家拍照。把手机弄成静音模式后，他一整天都在左左右右地拍。之后整晚都坐在电脑前，挑出了让他满意的照片。尼基托斯深情地望着伊莉莎的样子，一看就知道喜欢上她了。看看基斯里岑娜……呵！扮着鬼脸！好像自己多聪明一样！而玛莎呢，像个大人一样若有所思地看着窗外，披头散发的。

最厉害的是有好几次拍到了班主任。挑了一张她看起来像个小姑娘的照片。不，这是真的：不知道是光线的原因还是因为她回了头，她看上去不超过二十岁。该不该上传呢，萨沙犹豫了片刻。她肯定会有所耳闻，到时候肯定会生气的……但是换句话说，他又做了什么？不就是拍了张照片，不是吗？

他把这些照片都上传到了网页上，之后由于客人们陆续到来（今天总归是他的生日），不得不去了餐厅。他把智能手机在他那对双胞胎表弟的面前炫耀了一下，这也给了他些许快意。

第二天是周末，可以一觉睡到中午，但萨沙还是一睡醒就跳了起来。之后立刻坐到了电脑前，看看有哪些新评论。

　　大家的评论让他感到十分沮丧。有的人，比如维季卡和拉多姆斯基，的确想要挖苦他一下，但是没什么人支持他们。最让人有挫败感的是，那些被偷拍的主人公都表现得很怪异。

　　伊莉莎写道："谢谢你，萨沙，你给了我新的视角。尼基塔的侧面居然这么好看！"

　　米尔卡只回复了一堆笑脸，但是把她的照片弄成了头像。

　　玛莎也表达了谢意，之后详细地解释道："谢谢。我早就想换个新发型，一直犹豫不决。但是现在呢，谢谢啦。看到照片后，真是太感谢啦，我知道这个发型适合我。所以真的谢谢啦……"嘴唇表情，等等等等。

　　萨沙都不知道该怎么回答了。一方面，接受别人的谢意是令人愉快的，但是另一方面，他期待的是另一种结果：嘲笑，揶揄，骂他，数落他，或者干脆把他从好友名单里删除……

　　之后，他又三番两次地来到电脑前去看新的评论。每一次都让他越发郁闷，一切都与计划背道而驰。只有最后一个希望了，那就是班主任的那张照片。

　　而这个希望差点就变成现实了。班主任老师的课正好是最后一节。下课后，波琳娜·亚历山德罗夫娜说道："基列耶夫，你留一下。"

　　在等其他人都走出教室的时候，他的脑子里一直在想辩解的语句："怎么了，难道不可以吗？""我做了什么？""不，我不会删除的！"……

然而，班主任看着角落，忽然开口道："萨沙，那张照片……就是在 VK 上的那张，你手机的像素高不高？"

萨沙目瞪口呆，只能点头。

"其实吧，"波琳娜·亚历山德罗夫娜把目光转向了另一个角落，"萨沙，你显然很有天赋。我有一个熟人是专业摄影师。我想把这张照片给他看，但是需要最大限度的……许可……"

萨沙当然把照片发到了班主任的邮箱里（直接用手机发的，让她乐得频频点头），但他仍然是丈二和尚摸不着头脑。

第二天，有一个头发花白、个子很高、穿着牛仔裤和毛衣的人造访了他们家。他连喝了五杯茶，对基列耶夫的爸爸说，他们家有一个多么有天赋的孩子，这孩子对明暗、远近的感觉以及镜头感是有多棒，只是需要再调教一下，再买一个反光相机。那样的话，他一定是一个未来出色的摄影师！

在厨房门口偷听的萨沙在听到"未来出色的"时终于按捺不住了，走进去用严肃的口吻说道："不，我不需要任何反光相机，也不用被调教！我说完了！"

说罢，便趾高气扬地夺门而出，只剩下爸妈窘迫地向那个高个子道歉。

坐在自己的沙发里，他来回滑动着手机的各种应用，但是已经没有那么开心了。直到翻到了录音键，"啊哈，"萨沙想道，"用这个可以悄悄地给别人录音，把各种秘密都录下来，然后放到网上，肯定会令人捧腹大笑！"

他顿时心情又插上了翅膀。

作弊辅导班

"妈，我看不下去了！"

伊拉撇掉地理教科书，翻了个白眼。

"还有很多要温习吗？"妈妈同情地问。

"多了去了……呜呜呜……"伊莉莎回答道。

"是口试吗？"妈妈好奇道。

"不。是笔试。她说一个国家，我们就得写出首都。她说一个首都，我们就得写出国家。写错了就扣分。太可怕了……"

接下来的半个小时，妈妈拿着工工整整地写满了国家和首都的伊拉的笔记本，向她提问。

"吉隆坡？什么？"妈妈问道，"天啊，这是哪儿？不丹？有这种国家吗？它还有首都？听我说，你们背这些干什么？"

伊拉郁闷地耸了耸肩。

"写个小抄吧！"妈妈建议道。

"行不通的。地理老师不让用手机。"

"要手机干什么，傻孩子！"妈妈吃惊地说，"你瞧，拿张小纸条，写上你背得不好的，然后把这张纸条放在你的答卷下面。需要注意的是，你别大意得把纸条也给交了。你也可以放在裙子下面，放到膝盖上。我们以前还在腿上写方程式，但是有丝袜挡着看不太清楚。你还可以把纸条固定在手腕上，到时候就把胳膊放在书桌上，平放着，就能看见纸条了。"

伊拉目瞪口呆地听着妈妈的分享。

"我们还写过'炸弹'，"妈妈继续说道，"这得是在提前拿到试卷的情况下。先在家里把答案写好，然后在教室里坐着，在答卷上写点什么。写什么不重要，重要的是要写得很自信。默写点儿普希金的诗都行。交卷的时候就交那张在家写的。交卷子的时候总是乱哄哄的，到时候换答卷不费吹灰之力。还有……"

妈妈突然停住了。

"听着，你们连这些法子都不知道，是怎么活到现在的？"她问道。

"我们啊，"伊拉嘀咕起来，"我们先把有用的页面照下来，然后考试时照着手机抄，或者可以用手机互相传写有答案的照片。但是，如果不让用手机的话，就没法照了。不过，还可以发短信。还有就是，我们在 VK 有个小组，会有人立刻上传答案。如果题目非常难的话，那个做好题的人会给所有人发答案的链接。"

"听着，"妈妈一边抓住了伊拉的手一边悄声细语地说，"你们真是天才！VK 的小组可以让任何成员上传消息，能第一时间让所有人看到，还不用一一给大家打电话！这些方法我绝对是一个也想不到啊！"

"我可绝对想不到把小纸条藏在袖子里，"伊莉莎笑着说。

"为了我们两代的交接干杯！"说着，妈妈隆重地举起了茶杯。

两张最后一排的票

尼基塔

这没什么好怕的。

小事一桩罢了。

不就是走到洛帕欣娜跟前,邀请她一起去看电影么。比如,就说:"'阿芙乐尔'电影院上了一部超酷的动作片……一起去不?"或者"你看过 3D 电影没?"总之,没什么难的。

我先在角落里练习了一下,然后把手插到兜里,大大方方地径直走向了洛帕欣娜。她正在对着手机喋喋不休呢。我停住了。她还在说。我感觉自己很傻,装作没有完全停住,只是暂停了一下。然后继续向前走了过去,虽然我知道这会儿已经不是大大方方,而是跟跟跄跄的了。拐到了一个角落里,喘了口气。

如果像往常的话,我肯定五秒钟内就说服了自己:"算了!和维季卡去看!"但是现在这样的借口并没有起作用。都怪我自己,对维季卡吹牛说,我已经邀请了洛帕欣娜一起去电影院,而且她已经答应了。

要是搞砸了……我肯定要直到学期末都被冠以"傻帽"的"殊荣"。或者是"屌丝",如果更甚的话。

既然如此……那就叫她去看动作片吧……还是说女生更喜欢

看爱情片？对了！最近正好有一部上映了，讲的是什么爱情啦，吸血鬼啦……那部片子叫什么来着？好像故意似的，就是想不起来了！

我觉得脑子变成了一团糨糊。虽然还没有完全恢复理智，但我还是决定行动起来。

从角落里跳了出来……差点没撞上洛帕欣娜。

"呃……那个……"我六神无主地说，"塔尼卡，一起去看《怪物史莱克》吧？"

塔尼娅

我敢肯定尼基托斯是想捣鬼。他鬼鬼祟祟地在我身边转悠，在我打电话的时候总是往我这边看，然后还躲到了角落里。准确地说，应该是他以为他躲起来了，因为他大气喘得好像蒸汽火车一样，就算是世界上最耳背的人都能听见。

"你等等，我这边和尼基托斯说点事，待会儿再给你打回去。"我对波琳娜说道，然后走向了那个角落。

"塔尼卡，一起去看电影吧？"普列皮亚欣突然冒出了这句话，有一秒钟还眯起了眼睛。

"什么？"我反问道。

真是做梦都没想到！要是往我脚下放了个石头，或者把我推向垃圾堆，再比如用胶带把我的头发粘到书桌上，这些我都能明白。但是看电影？？？这要怎么回答啊？

"好啊，"我居然同意了，连自己都觉得惊讶。

尼基托斯嘀咕着说"阿芙乐尔"里五点有一场，然后就跑掉了，一路把脚边的所有东西都踢开了。

"波琳娜，你肯定会吓一跳！"我一边看着普列皮亚欣跳过栅栏的样子一边对着电话讲道，"你能想象吗？尼基托斯邀请我去看电影呢。"

"真的假的？"波琳娜惊讶不已，"肯定是看上你了。他怎么邀请的？"

"就是……走过来跟我说一起去看电影吧什么的……"

"那你怎么回答的？总之吧，啧啧啧……"

好朋友那羡慕的嗓音让我备受鼓舞、傲气十足。我把书包挎到了肩上，用T台模特的轻盈的步伐走出了学校的院子。

尼基塔

反正女人就是让人头疼。每次和妈妈还有姐姐聊天后，爸爸都会这么说。

这不，邀请完洛帕欣娜后，我为了平复自己的心情，在长凳上坐了半个小时。我们学校附近的柳树下有一个十分方便的长凳。这是一个尤其适合侦探工作的地方。你能看到所有人，却没人能看到你——倒是能看见你的腿，不过腿算什么？看见腿也认不出是谁。

我就这样坐在凳子上，微微打着颤……不，不是因为害怕！纯粹是由神经系统引起的！我颤抖着环顾四周。

看，她出来了！

就是洛帕欣娜。

要是以往的话，我肯定不会看她，但这不是邀请了吗……总之，看得我一头雾水。难道她以前也是那么走路的？她不会和我去电影院也那么走路吧？趁还不晚，要不取消了？

这时，拉多姆斯基突然坐了过来。

"你说，"他盯着洛帕欣娜说道，"她老扭屁股干什么？"

"我叫她一起看电影了。"

"懂了。"

我们用目光追随了塔尼卡许久，直到她被马路牙子绊了一下。

走路得看着点儿脚下呀！

塔尼娅

回到家后，我的心情一落千丈。相比浪漫的约会前的欣喜，我的心中充满了焦虑与不安。

穿什么去呢？我把整个衣柜都翻了个遍，郁闷地看着这些衣服。牛仔裤吗？已经脏了……校服裤子？不在选项里。难道要穿裙子？

我只有一条裙子，但是很漂亮，是咖啡色的，上面有很多金灿灿的小星星。不过搭配运动鞋好像有点不是那么回事……我从衣柜里掏出了一双高跟鞋。这是我的最爱。只可惜我穿上它就不会走路了。但是约会嘛，可是件严肃的事情，为了它是可以忍受的。

现在，最重要的就是发型和妆容了。我回想起米尔卡·基斯里岑娜在三八节晚会那天有多美，于是满怀信心地拿起了妈妈的化妆品。半个小时以后，我也变得异常地迷人，有的地方看着比米尔卡还漂亮。

但是小达莎差点把我的心情给毁了。奶奶把她从幼儿园接回来的时候我刚刚弄完头发。她大声嚷嚷道："天啊，塔尼卡，你的脸怎么花花绿绿的？你去人家的生日聚会了吗？还是你要演小丑？"

我差点火冒三丈，但是一想到如果被奶奶发现了会是什么场景，还是克制住了自己。于是，我立刻往达莎的嘴里塞了一块糖，让她保密，然后偷偷摸摸地溜了出来。

"奶奶，我出去一下！"

然后砰的把门带上了。如果她觉得不对劲，会来电话的。反正打电话也看不到脸。

尼基塔

之后就该解决资金问题了。我当然是有零花钱的，但早就在网吧花光了。为了去看电影要牺牲一场 CS？怎么可能！

和老爸的对话很短。

"爸！给我点儿钱！"

"干吗用？"

"去看电影。和女生。"

"呵，可不是吗！你是花到网吧去了吧？绝对是。别再来缠我！"

"我真的是……"

"别编了！还和女生一起呢！真是个骑士！"

和妈妈的对话结束得更快。她一听到"钱"这个词，就立马挥起了手：

"找你爸去！找你爸去！"

然而，出乎我的意料，好运从天而降了。当时，姐姐站在走廊偷听了我们的对话。她神秘兮兮地把我拽到了她的房间。

"你不会真的和女生一起去吧？"

"真的！"

"漂亮吗？"

"还不错。"

"给我看看照片！"

有两个解决方案：一种是像往常一样和她吵嘴或者试着把她的钱骗出来。我选择了第二种——我是明智的。虽然这对我是一种折磨。她用吹毛求疵的眼光对着洛帕欣娜的靓照看了半天，挑剔地说她好像比我高半头，然后又问道，为什么是带着塔尼卡去看电影，而不是伊莉莎。我只能支支吾吾：

"洛帕欣娜也不错啊！……身高也还行，我这个冬天长得比她高了，她这张照片是上个秋天照的！伊莉莎就是上相，在现实生活里也没什么特别的。"

关于伊莉莎，我撒谎了。她在现实生活里也是美极了。是我们的班花。但是我没法叫她出来……因为……就是……反正就是不能……没了！

总之，虽然没能一下子说服姐姐，但还是成功地给姐姐证明了我是要去赴世界上最浪漫的约会。她一边把钞票递给我一边严厉地命令说："回来给我详细汇报！喏，再给你一百卢布，请她吃冰淇淋！"

塔尼娅

因为我从家里提前出来了一个半小时，所以我无事可做。我在院子里闲逛了十分钟左右，然后给米尔卡打了电话。

"哈罗！你……"

"听说你今天要和尼基托斯去电影院了？"米尔卡打断了我。

我惊讶得合不拢嘴。这个波莉卡又大嘴巴了！

"是啊，"我若无其事地说。

好像是说，跟男生去看场电影有什么大不了的！我几乎天天都去呢。

"你们要接吻吗？"米尔卡一本正经地问。

"需要吗？"

后背冒出了冷汗，我差点忘了，人们约会时候还会接吻呢！

"真有你的！"米尔卡嘿嘿一笑，"那你觉得他为什么要叫你？反正你去了，他就会教你的……"

在和米尔卡度过的这一个小时里，我知道的东西比我之前的十几年里知道的都要多。

"米尔，"我问道，"你是从哪儿知道这些的？"

米尔卡妩媚地碰了碰刘海儿，咯咯地笑了起来。

"你和很多人接过吻吗？"我问道，试图让她听不出来我的羡慕，但结果不太好……

米尔卡好像一直在等我问这个问题："我亲过帕弗里克、洛普赫、基列耶夫、德罗贝舍夫……还有那个……总之，其他人你也不认识。还有几个男生，但是他们的技术不行。"

"米……米尔……"我目瞪口呆地问，"听着，你怎么知道谁亲得好，谁亲得不好？"

基斯里岑娜不安地哆嗦了一下："你怎么回事？怎么总问一些白痴的问题？"

我看着她粉红色的双颊，突然意识到，其实她一直在扯谎……

尼基塔

卖票窗口前面只有两个人。先是一个大妈一直在问，哪个地方最好，可以让全班同学都能看到屏幕，还能让她看到所有人。而站在我前面的一个阴郁的年轻人要了两张票。年轻的售票员姑娘迅速瞥了他一眼，然后很自然地问了一嘴："要最后一排吗？"

"不用，"男人嘀咕着说，"我和我老婆看。"

这个主意倒让我眼前一亮。等那个男人走了，我咳了几声，然后单刀直入地说："我要最后一排！我没老婆！"

售票员扑哧一笑，但还是给我出了票，不过不是《怪物史莱克》，而是新上映的动作片的，但我没有多说什么。

走到大街上，我才突然意识到是怎么回事。我和洛帕欣娜要坐在最后一排了。那里一片漆黑。

那样的话……

我甚至觉得嘴里发干，于是就把姐姐给的钱的一部分用来买了雪碧。一口气喝光了一瓶，但嘴里还是很干。

塔尼娅

虽然米尔卡让我不要按时到，但我已经按捺不住了。在角落里站了五分钟左右，然后走向了电影院。

在我看来，要是尼基托斯到了之后找不到我的话，他应该会转身就走。那我之后怎么跟米尔卡说？还有波琳娜，还有安吉拉和佩卡廖娃……

我决定走到售票口那里看看，要是普列皮亚欣不在那儿的话，我就马上走开。然后逛一会儿，拐个弯再回来，每次都装作刚来的样子。

普列皮亚欣已经在那里了。他两眼混浊地看了看我，闷闷不乐地转过身去。

看来，他是没认出来。我打起精神来，挺直了腰板，笔直地向他走了过去，想象着自己正沿着地上的直线走。我在家里的镜子前排练过，效果很棒。

普列皮亚欣都没有往我这边瞅一眼，于是我决定主动吸引他的注意力。

"尼基托斯！"我用完全不像自己的怪里怪气的声音喊道。

连我自己都被吓到了，颤抖了一下，高跟鞋绊了一下……幸好及时找回了平衡！

但是我让尼基托斯惊慌失色！

尼基塔

还没等我走进电影院，维季卡突然冒了出来。

"你不会真的和洛帕欣娜去看电影吧?!"

我郁闷地点点头。我倒是想拒绝啊。但是，这是关乎原则的问题。

"你骗人！"

我恼羞成怒。

"打赌不？"我向维季卡伸出了手，"就赌你的 U 盘！"

"那要是你输了呢？"他怀疑地问。

"我的'使命召唤'！"

维季卡急忙握住了我的手。

"打赌！"

……在电影院门口，我诅咒了世上所有的东西：诅咒了自己的大舌头，诅咒了和几个朋友站在远处的维季卡，还有那故意迟到的洛帕欣娜。我周围有几个人在晃悠着，他们好像比我还紧张。有一个一看就比我大的女的，看起来最为神色慌张。她一直在以一副梦游病患者的样子徘徊着，差点还撞上我。

突然，这个涂脂抹粉的稻草人道出了人话来："尼基托斯……"

我吓得差点没爬上墙去。我仔细看了看，才认出是洛帕欣娜。然后，我可怕地发现，她的确是比我高半头。

她是白痴吗，居然穿了那么一双高跟鞋！

只有一件让人欣慰的事：这一幕维季卡都看见了。这回 U 盘铁定是我的了！

塔尼娅

当我得知我们要坐在最后一排时，我都有点害怕。一方面，尼基托斯这么待我是令人高兴的一件事，但另一方面，我好像完全没有准备好去面对这么认真的关系。

普列皮亚欣往我的手里塞了一杯爆米花，然后就把目光锁定在了屏幕上。

我决定原谅他这种冷漠粗鲁的接待方式。怎么说，这都是我们的第一次约会，男生会紧张是可以理解的……

男生会紧张……

电影开始十分钟了，我神魂不定。我们今天会不会接吻呢？快点吧……等这个折磨过去了，就能好好看电影了。

尼基塔

在电影还没开场的那段时间里，我竭尽了全力不让人注意到我们的身高差——跑去买爆米花，让塔尼卡坐到软椅上，我自己也坐了下来。等到放映厅一开门，我就立刻冲了进去。

最后一排只有我们俩。脑子里不合时宜地充斥着一些想法。各种各样。五花八门。紧张得我直流汗。把爆米花塞给塔尼卡后，我开始偷偷地用手心去蹭座椅的外皮。第一件事应该是抓住她的手吧，对吗？然后……

然后，该怎么样？我的脑海里只有一个模糊的概念。当然，我们会接吻……但是我不知道该如何从拉手过渡到接吻。早知道问问拉多姆斯基好了。他和他的米尔卡已经去看过三场电影了。

为了让自己冷静下来，我决定暂时把注意力集中在屏幕上。

更何况电影很给力！

塔尼娅

电影无聊极了。我不懂为什么我们看的不是《怪物史莱克》，那样我还能笑一笑。而这个电影里全是枪战。我一下子就蒙了。谁和谁是一伙？谁是好人，谁是坏人？

我想问问尼基托斯，但是他不耐烦地摆摆手，嘴里嘀咕着："酷毙了！"或者"杀得好……"

度过无聊的半小时后，我意识到，如果想要一个浪漫的约会，就应该把主动权抓在自己的手里。我用上衣把出了汗的手擦干净后，试着去拉尼基托斯的手。

得到了第二杯爆米花。

吃光了。

离电影结束还有一个小时……

尼基塔

这部片子太刺激了！最后，敌人们爬了出来。然后，我军从埋伏地向他们开枪！而我们的男主角站了起来，把机关枪贴在腹部向他们扫射！他是怎么承受那个重量的？让人震耳欲聋！轰隆声充斥着整个放映厅，震得我的耳朵都在嗡嗡响！

在电影最紧张激烈的时候，塔尼卡伸手跟我要什么，我用爆米花把她打发了之后便心平气和地把电影看完了。不，不是心平气和，而是……热血沸腾！

塔尼娅

当我们从放映厅走出来后，我差点没失望得掉眼泪。普列皮亚欣迅速跑到了前面，在电影院的门口等着我，用一种事不关己的表情看着远方。

"你回家吗？"他问。

我顿时为之一振。"当然，他把浪漫都安排在了后面！"我心想，"要失望还早！"

"不知道啊，"我懒洋洋地回答，为的是给尼基托斯一个机会邀请我去他计划好的地方。

"不知道就算了，"普列皮亚欣斩钉截铁地说，"我回家了。"

然后就消失在了夜色之中。

尼基塔

傍晚，维季卡绷着脸在学校的台阶那里等着我。

"U 盘拿来！"我还没走到就开始喊。

维季卡从兜里掏出了 U 盘，看了看它……他的眼睛里居然还闪着泪光。有那么一秒钟，我还挺同情他的，但我还是把持住了。愿赌服输！

"昨天那个真的是洛帕欣娜吗？"他死死地攥住自己的宝贝问道，"完全不像！"

"那是谁？难道是你奶奶？"我伸手向他索要我的战利品。

维季卡把 U 盘递给了我，心疼地目送着它。我没打算立马藏起来，而是在手上把玩起了这个战利品。这个挑拨者，让你痛苦痛苦！下次你就知道在和什么人打赌了！

"电影怎么样？"维季卡依然没把目光从 U 盘上移开。

"超级过瘾！你能想象吗？先是从洞里爬出来……"

塔尼娅

我走在回家的路上，抽着鼻子，没有接米尔卡的电话。这些屈辱还不够？难道还要让她听见我在哭吗?!

到家后，我不得不在浴室待上半天，因为妈妈的破睫毛膏根本洗不掉。难道她就不能给自己买个正常点的……

从水龙头里，还有从我的眼睛里，液体像小瀑布一样流了出来。我也没想因为这个白痴而失望，只是……只是……

达什卡小心翼翼地钻进了浴室。

"塔尼娅，"她轻声问，"你不会在哭吧？"

"没有，"我嘀咕着说，"我在洗脸。"

"塔尼娅，"妹妹没有罢休，"你别哭了……求求你，要不然我也要哭了！"

说罢，她的嘴唇便颤抖了起来，眼睛变得像李子一般大。她那样子让我好不心疼，我都忘了要可怜自己了。我把达什卡抱起来，把脸埋进了她那温呼呼的、飘着香气的头发里。

"达什卡，"我平静地说，"等你长大了，要是有男生邀请你去看电影的话……"

达什卡抽泣着，等我把话说完。我在脑海里想象了各种报复的情形。

"哎，最好还是别去了，"我说道，"这些男人只会让你失望的。"

尼基塔

当我说完电影的情节的时候，围在我身边的还有拉多姆斯基、洛普赫，以及几个隔壁班的男生。他们瞠目结舌地听着。那可不，我还是很会讲故事的！夏令营里熄灯后，我总是有那么多故事可讲！大家都睡着了，而我连一半都没讲完。

"酷毙了，"拉多姆斯基说道，然后又开口毁了我的好心情，"看来，你一直死盯着屏幕来着？那你带塔尼娅去干吗？"

这真是当头一棒。但我灵机一动，摆脱困境了：

"其实吧……实话说……我没把所有情节都讲完。有几次我和洛帕欣娜干了点别的……"

然后，我意味深长地停了一下。意思就是，你们都懂我们干了什么吧。

拉多姆斯基不信："呦呦……"

"什么呦呦？"

"没什么。"

"说完了！"

"总之呢，带塔尼卡去看电影算不上有本事。"

"那什么算有本事？"

"带伊尔卡去！"

"小意思！"

"敢打赌吗？"

我一冲动就向拉多姆斯基伸出了手。这混蛋立刻就抓住了它，而维季卡这个混蛋二号一下子把我们的手拆开了[①]，都没给我思考的时间……

夜里；我辗转反侧。"有什么大不了的？"我心想，"第一次没什么可怕的……第二次就更容易了……应该是这样吧……"

塔尼娅

"你怎么没接电话？"第二天早晨，当我快走到学校的时候，米尔卡冲我喊道。

大门前的台阶那里已经有一群人在等着我。

"我忙来着！"我撒谎道。

米尔卡眯缝起了眼睛。

"电影结束两个小时后你还忙着？"

"你以为呢？"我淡定地耸了耸肩，不知为何加了从奶奶那里听来的非常愚蠢的一句话："年轻人的事嘛……"

---

① 这个动作表示双方在证人的见证下接受了挑战。

同班女生们都深吸了一口气。我觉得有那么一会儿，她们完全忘记了需要呼吸这件事。

"电影是关于什么的？"波琳娜低声问道。

"完全没看明白，"我问心无愧地回答，"哪有工夫看那个！"

我满面春光地走进了大门，就像第一次约会后的女孩应该的那样。

普希金《致恰达耶夫》
及其他

塔尼娅在房间里来回踱步，嘴里哼哼唧唧地背着伟大的俄国诗人亚历山大·谢尔盖耶维奇·普希金的诗。妹妹达莎则躲在角落里画画。塔尼娅现在很凶。在这种情况下，最好离她远一些。

"爱情，希望，平静的光荣并不能长久地把我们欺诳，爱情，希望，平静的光荣并不能长久地把我们欺诳，爱情，希望，平静的光荣并不能长久地把我们欺诳……"①

塔尼娅思考了片刻。

"谁安慰我们???"

她急忙瞥了一眼书本。

"欺骗??? 欺骗安慰我们? ②普希金，去你的……管它呢，接着来。我们忍受着期望的折磨等候……倾听祖国的期望③，我们忍受着期望的折磨等候……不对！我们等候……折磨……召唤……天啊……七个词里只认识两个，这可让我怎么背会啊！"

塔尼娅瞄了一眼书本。

"我们忍受着期望的折磨等候！这要怎么才能记住啊！等候，受折磨。受折磨，又……期望。期望……啊啊啊啊！忍受着期望的折磨！倾听召唤。乱了套了……"

---

① 来自普希金的诗歌《致恰达耶夫》，此处采用了戈宝权译本。

② 来自诗歌原文，即译文中的"把我们欺诳"。

③ 此处塔尼娅背错了，"期望"应为"召唤"。

塔尼娅叹了口气，又开始在屋子里兜起了圈子。

"爱情，希望，平静的光荣并不能长久地把我们欺诳，就是青春的欢乐也已经像梦，像……像……"

"朝雾一样！"

塔尼娅猛地回了头。

"达莎？是你？？？你从哪儿……"

"哎，我都背下来了，"达莎发愁地叹了口气。

一条状态的故事

我练了六年的花样滑冰。

我已经不记得没有冰刀的生活是什么样子了。

每天都有两三场训练，包括周末和节假日。我倒不是抱怨，觉得挺正常的。可以利用两场训练之间的空隙做功课。大厅里有张桌子，我们都能坐得下。更方便的是，我们都来自不同的学校。所以，即使大家写了同一篇作文或者做了同样的报告也没人查。我负责所有人的数学作业，而其他人给我翻译英语。我们队里有个女孩英语特别好，三岁开始就学了。

总之，我们已经习惯了这样的作息。

累是当然的，尤其是快到期末的时候。我们早上六点就起床了，因为上学前我们也有一场训练。而假期里我们早上十点就开始滑冰！想象一下，怎么可能睡得饱呢！

即使这样，我们也盼着早点到假期。盼啊盼啊……而昨天教练到我们这里来宣布了一个"喜讯"，说上面下达了命令。你瞧，孩子们在假期里总得做点什么，因此有个领导建议我们进行冰上表演。离假期只剩下三个星期了，我们每天必须疯狂地练习。这还不够，这回整个假期还要演出。每天三场！三场！第一场十点开始，第二场下午两点，第三场晚上六点。

教练继续发表着冗长的演说，说这是如何如何地荣耀……说全市的学生都能看到我们的演出，说他们会为我们骄傲，说我们不能掉链子……

我站在一边，强忍着泪水。我也想成为一个普通的学生！假期我也想睡觉，去听音乐会！我想去看电影！可我哪儿都不能去……

"能不能不参加？"我怯生生地问。

教练不高兴地眯起了眼睛。

"如果你不珍惜自己在这里的位置的话……"

明白了。再没有问题了。我珍惜这个位置。

原来，排练还挺有意思的。来了个专业的编舞老师，给我们排了群舞。理所应当地——小孩子们站前面，我们站中间，那些一级运动员们都站在后面。他们也不能偷懒。我们先花了一个小时在大厅里上跟着音乐学完了整套动作，因为我们没有那么大的场地，之后才换到了冰上。又是一练一个半小时。而这还只是三个群舞的部分，我们还各自都有其他节目！

一级运动员们要进行独舞表演，他们只要把自己带很多跳跃动作的短节目跳一遍就可以了。而我们则每两三个人为一组，给我们重新编排了冰舞秀之类的东西。我和另一个女孩儿一起跳查理·卓别林的舞蹈，另一个教练带的女生们跳民族舞，而小孩子们五个人一组跳华尔兹。效果很棒。

不过，大家都筋疲力尽。我的期末成绩不怎么样……因为已经没有精力了。我们在休息时间只来得及吃点东西，功课早就被抛到脑后了。

在第一场表演前，我们都格外地紧张，甚至双腿发抖，有点害怕。观众台倒是没坐满，但人还是很多，我们一旦失误就会让他们看笑话。

我们心惊胆战地等着"卓别林"节目开始。这时，我们队最厉害的一级运动员娜佳开口道："你们紧张什么，坐在看台上的都是分不清后内跳和后外跳的小屁孩儿们。你们就跳自己平时最拿手的就好了，他们根本看不出来。"

这样一来，我们就平静多了。

第二天，已经完全不紧张了。这又不是比赛，要扣每一个转体不够的分数！我们都滑得轻松自如，在两场表演之间还去看了场电影。也就是说，享受着真正的假期！

周三，我们学校的政教老师给我打来电话，严厉地说："明天下午五点到学校门口集合！必须到场！"

"我去不了！"我回答道。

"没有商量的余地！"她义正词严地说。

我开始嘟囔起来，她立刻打断了我："六点，我们就得到冰上体育馆。那里会有精彩的演出，而且是免费的！如果不来的话，我敢肯定，你会有麻烦的。"

之前，读到一个人在听到什么消息后会"呆若木鸡"，我还不相信。这回明白了，此刻看着已经沉默不语的电话的我正是那个样子。

也就是说，我们是被迫表演的，而观众也是被迫来看我们表演的？

如果我明天不去滑冰的话，就会被花样滑冰学校开除；如果不去当观众的话，就会被勒令退学？

我是不是最好哪儿都不去？是不是终于能睡个懒觉，这样就不会有人再来烦我了？

我当然还是去了。我去滑了冰。我们学校的同学都来了，给我加油，还往冰场扔下了小玩具。政教老师还打电话给我道歉，用亲切的嗓音说："列罗奇卡，你怎么没跟我说你是花样滑冰队的呢？"

呵，我都没来得及开口！

当然，我和我的队友们都大失所望。一想到所有观众都是被迫来看的，就让人非常不愉快。我们想向教练抱怨一下，而他却冲我们大喊！他天天和我们在一起，也是够累的了……还能抱怨谁呢……我们决定全队的所有人都在 VK 上发表状态："去他妈的！"

然后，我们就释怀了。

作 文

感谢阿尔捷米提供的精彩附文！

新来的实习老师非常卖力。她一有点什么事就会大喊大叫，眼睛还被自己吓得溜圆，偶尔双手还会发抖。我们都有点同情她，所以大家交换了一下眼色，就不再为难这个女生了——给她一种她是老大，我们都在洗耳恭听的感觉。

看来，我们白这么待见她了。这人啊，对别人的好意不领情不说，还要骑到你的头上来。不过，我们还是忍住了，只是偶尔嘿嘿地笑一笑。但是我们也有忍无可忍的时候，就是当这个四眼开始说道：

"我的教学经验告诉我……"

当然，这时候拉多姆斯基会用一种细细的难听的嗓音替她把话说完：

"大家快离开这儿！"

还有过几次这样的情形。但是在多数情况下，我们还是很规矩的。于是，她开始每堂课都给我们布置作业，要么是写内容综述，要么是写作文，而且都出一些很愚蠢的题目。比如，她读了一篇讲阅读好处的无聊文章，然后命令道：

"现在大家来写内容综述！不能少于120字！"

我们长吁短叹了一阵，还是乖乖坐下来写了。只有弗拉季克不知为何还呆若木鸡地坐在那里。奇怪了。他可是酷爱读书，连课间都要埋头苦读的主啊！

"罗日科！"老师声色俱厉地喊道，"还有十分钟就下课了！"

弗拉季克身子一颤，惊慌失措地向四周看了看。所有人都在埋头写着作文。看到这个情形，他叹了口气，随后也拿起了笔。让我们吃惊的是，他居然是第一个交卷的。下课铃一响，他就把答卷塞给了实习老师，立马开溜回家了。因为文学课是最后一节。

第二天，文学课上上演了一场好戏。

老师把罗日科叫到了黑板前，开始训斥了起来："你怎么能这么做！你怎么能允许自己做出这种事来！"而弗拉季克木然地站在那里，好像骂的根本不是他一样。我们顿时对他的综述内容感到很好奇。大喊了一通后，实习老师把答卷塞给罗日科并命令道：

"给我大声读出来！让大家都听听，你都胡说八道了些什么！"

罗日科耸了耸肩，开始读了起来：

"开卷有益。读书使人明智。全家聚到一起，让我们大声地朗读吧。这时……会这样的一幕发生。电话和电脑都被抛到了脑后，高声朗读成为了主宰。我讨厌写内容综述。我家里有上百本的书，我可以把他们放在不同的书架上。而有一个专门的书架是用来摆我们用来大声朗读的书的。主人公被赋予了生命力，他开始鲜活地讲起话来。请大家在家大声朗读吧！我们会关注你们的。

我会过去检查的！"

弗拉季克面不改色，好像在朗读普希金的某部作品一样，嗓音丝毫没有颤抖。听到"内容综述"的结局后，我们哄堂大笑。拉多姆斯基和维季卡趴在课桌上爆笑不止。实习老师用胜利者的神情环顾着教室。

"你看到没，罗日科，"当他把答卷放下，她说道，"你的同学们都在笑话你呢！"

"您就那么确信，"弗拉季克反问道，"他们这是在笑我吗？"

那双眼睛是那么地问心无愧。这可让这个傻妞气急败坏。她好像意识到了什么，脸上出现了一团团的红晕。她把答卷从罗日科的手里抢了过来，并夺门而出。男生们都围到了弗拉季克的周围，拍起了他的肩膀：

"太牛了！真厉害！你做到了！"

而女生们也用崇拜的眼神看着他。她们在那次的三八节事件之后都被罗日科迷得神魂颠倒的。而弗拉季克站在那儿，笑得有点狰狞。

想必他是预感到了这件事的结尾吧。实习老师去找了教导主任。教导主任把他的家长叫了过来。罗日科的妈妈过来了，在班主任和实习老师的陪同下在办公室坐了半个小时。至于她们聊了些什么，我们谁都没听见。只是基斯里岑娜没忍住好奇心，装作是要找班主任，顺便去看了一眼。但是她只听到了弗拉季克妈妈说话的结尾部分。

"……我像他这么大的时候，发表抗议可比他激烈多了……"

米尔卡当即被赶出了办公室。随后，实习老师和班主任从那里走了出来。实习老师已经不是一团团的红晕在脸上，而是满脸通红了。班主任把她领到了一边，对她悄声说着什么，明显是在安慰她。而她则大声地回答，那架势好像是想让整个学校都听见："这是写综述，而不是写作文……为什么要提到当代文学？……他没有这个权利！……"

诸如此类的话，她说了好久。突然，班主任贴近她的耳朵，说了什么悄悄话。实习老师沉默不语，陷入了沉思。就这样，她们的对话就结束了。

又过了几天。我们以为这件事情已经告一段落了，但文学课下课后（这次又是最后一节），实习老师平静地说道："大家可以回家了。罗日科，你留一下。"

可想而知，听到这样的话后，几乎一半的人都没离开。大家都想看热闹，还有，就是为了摆出抗议的姿态。这时，她解释道：

"我拒绝接受罗日科的内容综述。那里面……"为了更好的效果，实习老师停顿了一下，"不到 120 字，只有 65 字。所以，弗拉基米尔，你得重写。"

教室里鸦雀无声。还能说什么呢？她是对的。要求写 120 字以上，那就应该不少于 120 字。这时，老师又说出了让我们大吃一惊的话：

"不过，既然罗日科不喜欢以……"她这会儿不是因为效果而停顿，而是的确迟疑了一下，"以……这样的题目写综述，那就让他写作文好了。"

"以什么题目？"拉多姆斯基插了一嘴。

"你给出个主意吧！"

看来，她今天兴致不错。拉多姆斯基抓耳挠腮地想了一会儿后说：

"就写外星人是怎么占领地球的吧！"

实习老师的脸抽搐了一下，但她把持住了。

"罗日科，听见了吗？坐那儿开始写吧。不能少于120字。其他人都请出去，不要打扰他。"

然后，弗拉季克就写出来了！一篇精彩的科幻小说。老师们互相传阅，都笑得前仰后合。实习老师给他打了满分，还建议把小说放到板报上。

这件事后，我们和实习老师的关系越来越好了。有一次，她扭伤了脚，班级里一半的同学都去慰问她。看来，我们把她引入了正常的轨道。

我们真是太牛了，什么样的老师都能被我们教育好。

番外篇

弗·罗日科的短篇小说——《外星人占领地球计划》

其实，外星人很久以前就开始从宇宙上空窥视和窃听人类的生活了。他们尤其喜欢那些讲述如何占领地球的电影。不仅是喜欢看，还对里面的内容和拍摄方法进行了分析。而后，他们得出了结论——首先要抓住总统，并把他杀掉。的确，电影里讲的都是美国总统，但外星人决定不费那么大的周折，就降落在了另一个离他们的秘密轨道比较近的国家。

人们看到他们满身触角，拿着机关枪走下来的样子吓得魂飞魄散。可是，总统在哪里，要杀死谁呢？外星人抓住了一个人质，问道：

"快给我坦白，你们的总统在哪儿？"

"这，"人质惊讶地说，"当然在总统府了，还能在哪儿。不要开枪打无辜的平民啊！"

外星人被吓了一跳。他们不知为何一直以为总统会和老百姓们一起生活。看来，他们电视也看多了。

"给我们带路，"他们对人质说，"我们要杀死你们的总统！"

他们自己盘算着，如果人质傲然地拒绝的话，他们就把他变成僵尸，让他乖乖听话。而这个人质突然开怀一笑，并说道：

"你们要从那边的大路走！"

"谁说要走大路的！"另一个人开口说道。

（由于外星人和人质说话还算客气，其他居民也壮大了胆子，纷纷从家里探出脑袋，看起了热闹来。最勇敢的那个还走了过来。就是这个人刚刚插了一嘴。）

"谁说要走大路的，现在堵得很呢！总统现在正好也去上班！得从辅路走。你们跟我来，我指给你们看！"

这时，其他群众也凑了过来。

"白痴，你指什么呀？！"有人说。"既然他去上班，你们去总统府干什么？那不是白费时间吗！得去总统办公楼！"

还有人在争论：

"他可没去办公楼！他去机场迎接另外一个国家的总统了。你们快去机场吧，那样就能一石二鸟了！"

大家争论不休，互相对骂，振臂高呼。外星人都被弄得一头雾水。在电影里，可是所有人都一心要保护总统，都要为了他牺牲自己的呀。人们的努力也不会白费——最后总统会坐上飞机，把所有外星人都消灭掉。而这里的情况和电影里真是大相径庭。

这些外星人木然地站在那里，从这个触角换到那个触角，不知所措。人们发现这种情形后大为不悦：

"你们到底去不去啊？"

"我们，"外星人窘迫地说道，"我们还是回去，回到我们的秘密轨道去比较好。我们对你们的理解有些偏差。"

"那赶紧走吧！"愤怒的人们纷纷散开，回去接着做自己的事去了。

就这样，外星人都飞走了。之后，他们才想起来应该把所有目击者的记忆都删除掉，可是为时已晚。于是，为了不让自己感到太害臊，他们就把自己的记忆给抹掉了。

故意的！

　　米尔卡常在课后邀请大家去她家做客。她妈妈回来得很晚，即使回来了也不会发现家里的一片狼藉。

　　顶多会温和地说一句：

　　"你们要是能刷了碗就好了……"

　　米尔卡会慵懒而又粗鲁地回答：

　　"都堆了三天了，我又不是保姆！"

　　她妈妈耸耸肩就进屋了，米尔卡则开始刷起碗来。她们母女的关系有点奇怪，两个人经常像是互换了角色一样。米尔卡开始诉苦说，昨天她妈妈半夜还在外面闲逛，弄得自己打遍了所有电话，还出去找妈妈……

　　女生们屏声静气地听着米尔卡的话，她们既觉得稀奇，又觉得让人羡慕。再没有谁有这样的妈妈！

　　有一回，米尔卡又召集了大家。迟到的塔尼娅·洛帕欣娜一进门就看到了这样一种无声的场面：围着餐桌坐着六个同班女生，正出神地看着放在桌子中央的一包烟。

　　"怎么，你们想永远当个小屁孩儿？"基斯里岑娜把挑染的刘海儿从眼前吹开，一本正经地说道，"要是有人叫你们去参加体面的聚会，而你们连手上怎么拿烟都不会，那可怎么行呢。赶紧学一学吧，趁我现在有心情教……"

　　米尔卡优雅地从桌上的那包烟里拿出了一根，用两根手指夹住，颇为讲究地把手向前伸了出来。

"亲爱的，给我点上，"她对娜斯佳说。

娜斯坚卡开始手忙脚乱起来，拿起打火机，啪的一声慌忙地点燃了它。

米尔卡冒着她那挑染的发丝会着火的危险，向火苗低下了身子，鼓起了腮帮子，斜眼看着正在燃烧的香烟的末端。这些动作看起来很搞笑，塔尼娅甚至忍不住扑哧笑了出来，而基斯里岑娜瞪了她一眼，盛气凌人地从嘴里吐出了一缕烟。

塔尼娅立刻明白过来，现在——就像教导主任常说的那样——是不适合笑的。这是件严肃的事情。

"如果你是我男朋友的话，你就会替我抽完这根烟，"米尔卡对娜斯佳解释道，"因为只有两个接过吻的人才能抽同一根烟，懂吗？"

所有人都点了点头。塔尼娅突然有了一个荒诞的想法，就是把课堂笔记拿出来把这些一一记下来。她又忍不住笑了出来。

基斯里岑娜不满地瞥了她一眼：

"有什么可笑的？有一次我去了一家夜总会，那儿有很多男生。有一个给我递来一根香烟，我就接了。后来，乔玛对我说：'你跟他见鬼去吧，我不送你回家了！'而我却一头雾水……我后来才知道，是那个男孩抽了我抽过的烟，乔梅奇以为我和他之间发生了什么，所以向我撒气……总之，糟透了……"

米尔卡把烟吐到了坐在桌边的女生们的脸上。柯秀哈咳嗽了起来。

"呦！她咳嗽了。要是你这么咳嗽的话，正常的男生连看都不会看你。一看就知道是个小屁孩儿。"

柯秀莎立刻把手伸到桌上，毅然决然地拿起了一支烟。

"给我点上！"她向娜斯佳命令道。

娜斯佳顺从地把打火机伸了过去。

柯秀莎认真地吸了口气。但是她看起来完全不像米尔卡那么优雅。眼睛瞪得圆圆的，脸蛋通红。她大概坚持了一秒钟，随即是一阵凄惨的咳嗽声。

"没关系，没关系，"米尔卡用庇护的口气说，"这很正常。说明肺不好。不过也没什么，练练就好了。"

米尔卡熄灭了自己那支烟，仔细打量了一圈在场的姑娘们。

"怎么样？谁是下一个？加快速度，咱们还得给厨房通风呢。"

姑娘们都伸手去拿烟，并用忧虑的眼神看着咳嗽不止的柯秀哈。

"别，别扔！"米尔卡对柯秀莎喊道，"第一支烟要吸到头！否则男生不会注意你的！"

"这是什么鬼话？"塔尼娅脱口而出。

大家向她发出了嘘声。

"你不懂就闭嘴，"米尔卡打断了她，"谁是下一个？"

姑娘们都按顺序抽了一口，然后咳嗽，接着又学会了如何优雅地熄灭烟头。只有波琳娜抽得像模像样的。她面不改色，声音也没有变得嘶哑，嘴里还美美地吐出了一缕烟。米尔卡惊讶得合不拢嘴：

"你不会是以前抽过吧？"

"没有，"波琳娜耸耸肩膀说，"一点就通了。"

"你太棒了，"米尔卡夸她说，"好厉害……"

塔尼娅突然很羡慕波琳娜，因为她也很想那样被米尔卡夸奖。于是，她也从桌上拿起了一支烟。

它又细又轻，有薄荷的味道。手里夹着它，塔尼娅顿时觉得自己是成年人了……

可是，旁边的柯秀莎又开始声嘶力竭地咳嗽起来，塔尼娅很丢脸地害怕了起来，就把烟塞到了口袋里。

"你怎么这么虚弱？"米尔卡忍不住问道。

"可能我对这个过敏？"柯秀莎嘶哑地说。

"过什么敏！没人对烟过敏！这又不是什么橙子！"

姑娘们又抽了几分钟，然后把窗户完全敞开，开始清理"犯罪现场"。

"烟头都扔到外面的垃圾箱！"米尔卡指挥起来，"放到垃圾桶里，我妈可能会看见。还有，不要抓到谁就说今天的事，尤其不要对男生们说。要不然，他们该找我要烟了，我自己也不够抽的……这个东西太吸引人了……我以前不是每天都抽，但是现在在学校都有点坐不住……"

娜斯佳开始同情起米尔卡来，而柯秀莎继续咳嗽着。

"你赶紧回家吧！"米拉忍不住了，"受不了了。你咳嗽得我耳朵都疼！"

柯秀莎的眼睛里闪着泪花，她跑出了厨房。

"你这是干吗？"塔尼娅惊讶地说道。

"她这是干吗？"基斯里岑娜气恼地回答，"弱不禁风……"

塔尼娅跟着柯秀莎跑了出来，追到了电梯那里。她们默默地下楼，默默地走到了学校，然后就各回各家了。室外新鲜的空气让柯秀哈好了很多，咳嗽也从声嘶力竭的变成了一般的。

"你身上怎么一股烟味儿？"妈妈在走廊迎接了塔尼娅，"你这是去哪儿啦？"

塔尼娅完全没有想到这个突袭，她无助地眨了眨眼睛。

"有人在楼下抽烟了，"她停顿了片刻，编出了一个理由来。

"我让你在各个单元里来回逛游！"妈妈立马嚷嚷了起来，"要是让我知道你抽烟的话，我可要把你的胳膊给弄断！"

"我不抽烟！"塔尼娅怒气冲冲地回答。

她是今天一群人里唯一一个到最后都没有抽烟的人。

"你要是敢撒谎的话等着瞧！"妈妈继续说道，"我告诉你们班主任！你不听我的，好啊，学校会查个水落石出的！"

因为受到了委屈和不公正的待遇，塔尼娅的手开始颤抖起来。为了不让妈妈发现，她把手放进了口袋里。而那里……有一支烟……

听了十五分钟的道德训诫后，塔尼娅想出了一个办法：

"我去趟商店，"她打断了妈妈，走向了大门。

"买面包，牛奶和面粉，"妈妈说道，"快去快回。要不然又得在楼下瞎窜了。"

塔尼娅砰的关上门，从家里跑了出来。

学校后面的小亭子不是什么好地方。散发着烟味和厕所味。但是塔尼娅心意已决，不打算后退了。

从口袋里拿出了那支烟。点了火柴。深吸了一口。烟味呛得喉咙难受，但她忍住了。没咳嗽。不经意间泪水流了出来，都没法去擦。一只手上提着超市的袋子，不能放到满是唾沫的地上，另一只手上拿着烟……

"不相信我是吧……不信？那看我的！"塔尼娅抽泣着鼻子嘀咕着，"我就故意抽给你看，故意在各个单元里来回窜，还要……"

而塔尼娅的妈妈正站在窗户旁，把额头贴在玻璃上，心想着，教育青少年是件多么让人头痛的事啊……

情人节

学校门口人声鼎沸，川流不息。有人在发放分成两半的一半心形玩具，为的是让每一个人都在这一天之内找到自己的另一半。

学校邮局开启了赶工模式，一群小孩子跟着邮差师傅，从他的口袋里扒拉着他们珍爱的心形贺卡。

高年级的学生们用鄙夷的目光看着这场闹剧。

"真是个白痴的节日，"一个外表老成、"饱经沙场"的十年级女生从牙缝里挤出了一句挖苦话，"一帮幼稚的孩子……"

米拉艰难地从门口的人群中挤过，好不容易来到了存衣室的门口。

"你掉东西了，"有人在后面扯了扯她的围巾。

米拉回过头去。一个矮她两头的五年级男孩向她伸出了一个心形贺卡。他的样子很可爱，像是从画里跳出来的一样，正在用一副惊叹的目光看着她。

"这不是我的，"米拉挥了挥手。

"不，这是你的！"男孩抿着嘴倔强地回答。

"小不点，这不是我的！"米拉提高了嗓门。

小男孩把贺卡塞到了她的手里便跑掉了。

"我爱你！"上面用稚嫩的笔体写着大大的三个字。

"真幼稚！"米拉想着，把贺卡扔到了窗台上。

第三节物理课上自习。教室的门咯吱一声打开了。

"有邮件！"一个勇敢的男孩高呼了一声，伸手掏着包。

大家都怔在了原地。

"基斯里岑娜！"男孩喊道，并掏出了一堆心形贺卡，"这是给你的！"

"噢噢噢噢！"全班都开始起哄。

那哥们儿把贺卡都撂到了米拉的书桌上，接着去下一个班级送信了。米拉的眼神好像在看着一堆死蟑螂一样，好像它们随时都能活过来，在她的桌上乱爬。

帕什卡自然立刻就抓起了一个贺卡。

"米拉！你恨（很）美！"他大声读了出来，并捧腹大笑："恨！恨美！"

帕沙又拿起另一个。

"米拉！你是学校里最飘（漂）亮的女孩！"

全班哄堂大笑。

"哎呀，我要不行了，"帕什卡笑得肚子都疼了，"快让我看看别的！"

而米拉出人意料地把它们都塞进了书包，并夺门而出。

"我爱你！"

"你真美！"

"我们做朋友吧！"

"来参加我的生日派对吧！"

"你就像女王一样，甚至更美！"

米尔卡站在学校的洗手间里，把这些心形贺卡一一摆到了窗台上。

"一帮小神经病，"她嘟哝着说，"对你们来说，我可真好啊，但你们又了解我什么呢……"

双手开始发抖，泪水在眼眶里打转："五年级小屁孩儿们……"

心形贺卡已经放满了整个窗台，只剩下最后一个了。

"我爱你一辈子！"米拉读了出来。"但愿能有个人来爱我，"她低声说着，泪如泉涌。

男子汉的淤青

到五年级为止，维季卡总是被打的那一个。时不时就挨打，也没什么理由。人家打得倒也不狠，一般就是揍几拳、踹几脚。维季卡到五年级为止都很矮小，所以总是逆来顺受。人家还挺喜欢他，因为他不记仇，也愿意捧场。

五到六年级那会儿，他出乎意料地长高了一大截。放假前的体育课上还站在倒数第二个位置，现在则站在正数第二个，紧跟在大块头基卡列维奇之后。之前那些爱打他后脑勺的家伙们立刻偃旗息鼓了。现在再打一个试试！他还开始打起了篮球。总之，生活走上了正轨。

沃洛格达的塔尼娅姑妈到他家做客的时候，甚至满怀敬意地说：

"瞧这个儿长的！已经是男子汉了！"

"男子汉！"妈妈扑哧一笑。"到现在都没学会收自己的袜子！对了，"她挤眉弄眼地看着爸爸补充道，"有些成年的男子汉也不会。"

"关袜子什么事？"爸爸已经喝了点儿啤酒，所以心情颇好，"男子汉是通过别的方式长成的。"

他逗趣地向塔尼娅姑妈眨了眨眼睛，姑妈则带有责备意味地摇了摇头。妈妈皱起了眉头：

"瞎说！"

然后转向了维季卡，用训诫的口吻说道：

"男子汉就是有责任心的人！他会保护女生，帮助妈妈……"

维季卡立刻想打哈欠。要是被妈妈发现他受够了这些道德教育的话，她肯定会加倍的。因此，他等到妈妈停顿的时刻，立刻溜回自己的房间去"做功课"了。把机关枪的子弹在屏幕上的法西斯敌人身上用光后，维季卡心想："为什么只有男人玩 CS 呢？貌似教训坏人这种事天生不是女人该做的？"但是他没来得及想到底，因为坏蛋从四面八方爬了出来。

* * *

到了六年级学期末，问题就来了。同班同学里，今天这个人的个头超过了他，第二天那个人的个头又超过了他。快到五月的时候，体育课上他站在了第五个位置上。

整个夏天，维季卡都在悄悄地量身高，但是头顶好像是碰到了什么障碍物一样。"就用这种速度，"他暗自神伤，"很快大家又要对我拳打脚踢了。"当然，七年级可不像是二三年级，大家都成熟了，可是……万一呢？

在八月底，他说服了爸爸带他去报班。他想学跆拳道或者是武术，但爸爸毅然决然地说：

"那些都是外来的，不是我们自己的！你去学桑博①！"

维季卡同意了。首先，他分不清跆拳道、武术和桑博。万一

————————
① 徒手防身术，一种俄罗斯的传统武术。

桑博是最厉害的呢？第二，他要是发现不喜欢，还是可以转班的。

九月一日①，危险向维季卡袭来了：很多同班同学明显长高了。现在，他算是中等个子了，而爱挑事儿的拉多姆斯基已经以这个为借口挖苦过他了。尽管还没有人过来打过他的后脑勺，但维季卡也没有坐以待毙。要赶紧学会用桑博的招式打架。

但是课上并没有教这些，教的是如何摔倒，整整一节一个半小时的课都在教这个。接下来的三节课里所教的新动作也只是如何倒到地毯上，并用手击地。

"狠一点！再狠点！"教练喊道，"不要乱伸手，平着朝下打！"

当维季卡最终决定放弃这个没用的功夫的时候，教练突然把他们分成了两个人一组，展示了第一个招式：前绊腿……

＊　　＊　　＊

第三学期到来的时候，维季卡又一次站到了自己所熟悉的倒数第二的位置，但是也没有人过来削他的后脑勺了。要么是大家真的都成熟了，要么是敬畏他那一身发达的肌肉。桑博训练课上已经不再教授怎样摔倒了，而是让他们拖重物，比如拖那个和自己对练的人。这叫作"体能训练"。

然而有一天，他还是被卷入了是非里。荒唐的是，那是二班的尤勒卡·齐布利科，那个才到维季卡肩膀的小矮个儿挑起来的，

①　指新学年的第一天。

而且是因为鸡毛蒜皮的事——他们在走廊里撞到了，尤勒卡气冲冲地对他喊：

"你推我干吗?!"

然后一把抓起了他的袖子。维季卡都没来得及生气。他也是学了半年的桑博招式的人了，他的双手本能地挡住了尤勒卡的攻击。齐布利科惨叫了一声，头冲着维季卡扑了过来。维季卡用了一个假动作，撤到了旁边，向对手下了一个绊，轻轻一扭，轻而易举地就让他跌在了地上。整个过程，他都很小心翼翼，为了不让对手碰坏什么东西。而后不知怎的又趴到了他身上，把齐布利科给擒住了。对手挣扎着，差点没哭出来，维季卡则苦恼地琢磨着他这会儿该怎么办。他完全没有想和尤勒卡打架的意思，这么躺着也不是个事儿啊。恰好同班同学们及时赶到，把维季卡拉了起来(他本人也没有抗拒)，又把大喊大叫的齐布利科给扶了起来。

"我一定会找你算账的，听见没! 我哥是拳击手!"

维季卡没太明白，这关他哥什么事，这可是齐布利科自己先挑衅的呀。为了掩盖他的局促感，维季卡冷笑了一下，拿起自己的书包就向门口走去了。

* * *

尤勒卡的哥哥原来还真是拳击手，而且比维季卡高两个年级，个子高一头，肩膀也明显比他宽。他们面对面站在空地里，一言不发。每个人的背后隔了一定距离的地方都聚集着各自的同班同学。齐布利科烦躁地左右摇晃着脑袋。他的哥哥面无表情，睁大了眼睛看着维季卡。维季卡感觉自己很白痴，整个事件都很愚蠢。他本来是无意打架的，但是午休的时候尼基塔走过来，严肃地对他说：

"放学后，齐布利科兄弟在操场后面等你。"

"为什么？"维季卡吃惊地问。

"什么意思？"尼基托斯盯着他看，"你把他弟弟给打了呀。这是要找你单挑呢！"

朋友那双清澈的眼睛告诉维季卡，如果他下一句再问"为什么？"的话是会被对方误解的。尼基塔肯定会觉得，维季卡害怕了，然后会跟所有人说的，所以维季卡没有再说话。

而现在他也不知道该说什么。他以前倒是看过几次单挑的场面，但是双方都会摩拳擦掌，各种吓唬和威胁对方。而现在的他们呢，就沉默不语地站在那里。

尤勒卡是第一个看不下去的：

"怎么，你们都睡着了吗？赶快开始吧！"

他哥哥面不改色，突然挥了一拳。

维季卡眼前一黑，两眼冒金星，好像流星雨一般。有一次，维季卡在乡下的奶奶家见过这样的流星雨。他眨了眨眼睛，意识到自己正躺在地上。这让他很吃惊，他都不记得自己是如何倒地的。齐布利科漠然地从上面看着他。

"真是蠢到家了，"维季卡心想，"现在该怎么办？"

尤勒卡急忙跑到了哥哥旁边。"欣赏"过维季卡的样子后，他说道：

"了结了？听见没？"

虽然还没明白过来是怎么回事，维季卡点了点头。

"走人！"齐布利科兄弟离开了。

这时，维季卡突然感到一阵头痛，左眼更是剧痛无比。有个人把他扶了起来，并送到了家，但维季卡也没注意那是谁。他一路都在想要怎么才能不让爸妈看见自己的淤青，结果什么也没想出来，因为头痛越来越厉害了。还有就是越想越觉得自己很蠢。

走进厨房看到了正在休小长假的爸爸，穿着短袖短裤，手里拿着罐啤酒坐在餐桌旁。

"呵！"爸爸盯着看他眼睛下面的淤青。

维季卡觉得很累，扑通一下坐到了椅子上。

"遇到抢劫的了？"爸爸用威胁的口吻拍案而起。

"怎么，"维季卡漠然地想道，"这是想现在去追抢劫犯吗？"

"没有。就是打架了。一对一。"

爸爸一下子平静了下来。

"这样……那你还手了吗？"

"没有。他比我高两年级，还是拳击手。"

"那你还跟他单挑？好汉一条啊！"

说着，爸爸忽然打开了冰箱，从里面拿出了一罐没打开的新啤酒。

"拿着！"他把啤酒递给了维季卡，"我马上回来。"

餐厅里只剩下维季卡一个人，他把啤酒在手上转了转。是啊，换个角度想想，为什么不呢？他现在可是男子汉，而男子汉都要喝啤酒。他打开了瓶盖，小心翼翼地尝了一口。原来，啤酒又苦又酸，很难喝。但维季卡又英勇地喝了一口。真正的男子汉要能忍受难喝的东西。"总之，"他扪心自问，"我们为什么打架来着？有什么意义呢？"

"天啊！"妈妈的尖叫声震耳欲聋，"你还喝酒！"

她一把从维季卡的手上夺走了啤酒。

"是爸爸……"维季卡试图辩解道。

妈妈立刻转向了爸爸。

"我不是那个意思！"爸爸像发誓一样用手摁住了胸口，"这可是……用来放到眼睛上冰敷的！"

妈妈大呼小叫着，一边催着维季卡告诉她是谁把他弄成这样的，一边往毛巾里塞满了冷冻室的冰块。

"给，敷到眼睛上。还有你……"她对爸爸说道，"你这人有没有脑子啊？他有可能脑震荡了你知不知道！你还给他啤酒！"

"别激动！"爸爸坐在他当仁不让的主人位置上，气定神闲地说道，"这是麻醉！"

"什么麻醉！这可是个孩子！"

"谁说的！"爸爸喝了口啤酒，"他可是真正的男子汉！是吧，儿子？"

维季卡微微点了点头。

这回，他知道做一个真正的男子汉是什么感觉了：有点愚蠢，脑子里嗡嗡作响以及眼睛无比地疼。

单词听写

这天，我们的语文课实习老师心情不太好。

"我受够了你们……你们在书桌底下玩手机真心让我受够了。全班都像木乃伊一样！"

大家忍不住嘿嘿地笑。

"你们笑什么？以为我看不到你们互相给对方发短信吗？我在讲台上累死累活地给你们讲单词……哦！"

我们没有立刻明白过来，她又想出了什么馊主意。这是很有可能的。因为她两眼放光，让人有种不祥的预感。

"告诉我，你们真的可以不看手机就能编辑任何文本吗？"她用甜腻腻的嗓音问道。

男生们当然要抓住机会吹牛了："当然了，任意的，而且还可以很快，在绝对不看手机的情况下。"

"没有联想输入法也可以？"老师用含糖量更高的声音问道。

"小意思！"

"小儿科！"

"当然可以！！！"

"我说你们不可以，要不要打赌？"老师说道。

教室里顿时炸开了锅。大家都大喊大叫，说要接受挑战。

老师笑盈盈地开始指挥起来。

"所有人都把手机放到桌上，关掉联想输入法。一定要自觉，同桌之间互相监督一下。现在开始听写，你们就开始输入吧。大家都知道我的号码吧？"

"知道！"大家齐声喊道。

"第一个发到我手机上的人会有奖品。好，开始了！"

总之，只有伊莉莎一个人明白过来，这是发生了什么，她也是在听写了一半的时候明白的。老师把所有单词都听写了一遍，然后给那个第一个给她发短信的同学打了最高分，答应过的奖品也给了。而那些考砸了的人则被罚抄写，不过这回已经是在纸上了。总之，一切都圆满结束了。

但是从那天起，在语文课上，我们不再互发短信了。老师还要求我们用短信写作文呢。

爱 情

　　我从小对女人颇为了解。这要多亏我老姐的帮助。她是怎么帮的呢……长话短说，她会把她的闺蜜们叫到家里来，把房门锁上，在里面窃窃私语。但是那个门太薄了，下面还有缝，所以在外面听得一清二楚。我经常站在外面偷听她们是如何说别的男生的坏话的，还有谁看上谁啦，谁对谁说什么啦，等等。

　　太过瘾了！在此之前，我还真不知道，原来女生不仅仅是白痴，而且……怎么说呢……貌似她们的脑子和我们运转得不太一样。偷听太有意思了！我甚至为了防止腿太累，从厨房搬了把凳子坐在房门前。不过有一次被老姐当场揭发了，她猛的一开门，就看到我坐在那里……她大闹了一场，还告到了爸妈那里。之后，我就再没偷听过，但是到那会儿我已经对她们了如指掌了。四年级的时候，这些情报对我还没有多大帮助。但是快到七年级的时候，我已经可以轻而易举地邀请任何一个女生一起去看电影了，腿都不带抖一下的。不像尼基托斯！这人还真是难懂。他也是有姐姐的人啊！难道就不能向她求助吗？或者听听她和她的好友们聊天也行啊。

　　总之，我一点也不怕女生，和卡佳还亲过几次，就是她亲得不怎么样。一看就知道是个没什么经验的姑娘。

　　但是，有一个不解之谜一直折磨着我。老姐和她的朋友们特别喜欢谈论爱情。貌似是说，看一眼就会头晕目眩什么的。或者：

"当他直勾勾地盯着我看，我会两眼蒙眬！"每个人都至少有过一次头晕目眩和两眼蒙眬的体验。有时还会满脸通红，或者口干舌燥。再或者："心怦怦怦跳得厉害！"

我从来没有过这种体验。口干舌燥倒是有过，但这一般都是在我长时间踢足球或者和谁争辩什么的时候。两眼蒙眬从来没有过，而头晕目眩只有在我因为打赌而爬上邻居家楼顶的时候才发生过。但这也是因为高度，从来都不是因为爱情！于是，我得出了结论：这可能是女生特有的反应，男生的爱情和这个不一样，或者男生根本就没有这种爱情。

然而有一次，我亲身体验到了所有的一切。

那时，我坐在历史课上，没有任何期待，脑袋稍微有点儿疼，但这是我在周一第一节课上的常态。这时，我看了看坐在过道对面的卡佳——突然变得两眼蒙眬！真的！我当然很吃惊，眨了眨眼睛，还用手揉了揉……好像那种蒙眬的感觉过去了。但是，我又开始觉得两颊发烫。到这一步，我还觉得莫名其妙。然而，当开始口干舌燥和心跳加速时，我终于明白了过来。

这就是传说中的爱情！

糊里糊涂之中，我都没有听见历史老师叫我。她看我不回答，给我打了2分。维季卡一直在用胳膊肘戳我，而我却一直傻傻地坐在那里，只是偶尔看看卡佳——后背直冒汗。

我完全不记得是怎么等到下课的。想走到卡佳身边说点什么，但是嘴里发干，说不出话。况且，我要对她说什么呢？"我爱你"吗？让全班都看我的笑话？整个课间，我都一言不发地盯着她，好像把她吓到了。到了第二节课，依然是眼前雾蒙蒙，耳边嗡嗡响，觉得浑身都在烧。我心想："真不错！终于知道为什么女生们那么醉心于爱情了！"但是感觉很混沌，不像是自己的脑袋在想。

接着，数学老师走过来摸了摸我的额头，问了我什么，但是那会儿我已经失去知觉了……

……清醒过来的时候，我发现自己躺在家里，额头上放着冰凉的水袋。妈妈在我旁边忙活着，还逼我喝下超级难喝的东西。原来，我是发烧发到了四十度。数学老师把我带到了校医那里，校医叫了急救车，还给妈妈打了电话。

总之，这原来不是爱情来了，而是呼吸道感染了。我一周都卧病在床。周五，卡佳鼓起勇气来看我了。爸妈还没下班，老姐在大学里。我和卡佳又亲嘴了。

对了，这回她亲得比上两次好多了。要么是她从哪儿学会了，要么可能是我真的有点爱上她了。

貌似　你瞧　就是吧

拥有三十年资历的老编辑韦罗妮卡·亚历桑德罗夫娜有时会把工作带到家里来。不单单是为了钱，主要是因为周围文理不通的现象越来越多了。现在的人们都不会正确地用词了。连电视上也是！韦罗妮卡·亚历桑德罗夫娜想尽可能多修改和润色一些文章、发言稿和手稿，来为改变这个状况而尽自己的一份力。

这天，她正在修改一个知名院士的发言稿，她那令人头疼的孙子尼基塔火急火燎地跑进了屋子。

"奶奶！"他从门口就喊道，"就是吧……"

韦罗妮卡·亚历桑德罗夫娜差点发出一声惨叫。这个知名院士是农学专业毕业，要修改他那充满智慧的稿子对人是一种煎熬，这时候还要听孙子来一句"就是吧"。她可是和他说过一千遍了！

"去掉那个'就是吧'！"韦罗妮卡·亚历桑德罗夫娜严厉地说，没有把目光从稿子上移开。

尼基塔不耐烦地跺着脚，但没有试图和奶奶争辩。他是多想赶紧抓个人说一下让他忍不住分享的新闻啊！

"你瞧……"他又开口了，但这个词也被他的编辑奶奶视如寄生虫。

果不其然。

"去掉那个'你瞧'！"说着，她迅速地在面前的纸上画了一笔。

这位肿瘤外科医生毫不留情地切除着恶性肿瘤，趁它还没有扩散。

孙子握紧了拳头。他知道，当奶奶处在这种状态的时候，最好还是听话一点比较好。

"貌似……"

"什么'貌似'？哪来的'貌似'？！"韦罗妮卡·亚历桑德罗夫娜从老花镜的上方给了孙子严厉的一瞥。

那眼神，着实是苏联狙击手瞄准法西斯陆军上将时的眼神。尼基塔无力地挥了挥手。

"奶奶！"他快哭出来了，"就是吧，你瞧！"

"尼基塔！"

"呃……就是吧……"

"去掉'就是吧'！"

"貌似，你瞧……"

"尼基塔，我跟你说什么来着？这些都是词语寄生虫。"

"什么？哦，对……就是吧，你瞧……"

"去掉'就是吧'！去掉'你瞧'！"

"貌似……我就是说……就是吧……不不！奶奶！你瞧……"

"尼基塔！"

可怜的尼基塔绝望地在韦罗妮卡·亚历桑德罗夫娜面前挥了

挥拳头，但奶奶丝毫没有要屈服的意思。然而，孙子仿佛故意的一样，没有让奶奶上火的那几个词，就没法开始一个句子。

"奶奶！你怎么了！你瞧……哎呀，见鬼……"

"尼基塔！"韦罗妮卡·亚历桑德罗夫娜意识到不应该冲着小孩子大喊，她努力控制着自己，"要是我再听你说出这种脏话的委婉表达法的话……"

"哎呀，奶奶！你听我说！你瞧……不！我……意思是……就是吧……"

尼基塔明白，再过一会儿他就要抢过奶奶面前的那一沓纸，并把它们撕成碎片了。他咬着嘴唇，低声抽泣起来。韦罗妮卡·亚历桑德罗夫娜完全没有要去哄他的意思。

如果家里的电话没有响起来的话，还不知道这件事会发展到什么地步。尼基塔一把抓起了电话，好似在沙漠里渴得在垂死边缘挣扎的游客抓起水壶那样。

"什么？哦……"凭孙子的脸色，奶奶猜到，这是个空水壶。"奶奶，找你的！"

尼基塔把听筒递给韦罗妮卡·亚历桑德罗夫娜后奔向了厨房，一边还不忘掏手机。奶奶用不满的目光追随着他，随后才把电话拿到了耳边：

"喂？是，莲诺奇卡，我正在看……怎么说呢……肯定不是契诃夫写的了，咱们得承认……"

从厨房传来了尼基塔兴奋的声音："就是吧，你瞧！现在维季卡正在打架呢！……你以为我在骗你吗？就是吧，你瞧……"

韦罗妮卡·亚历桑德罗夫娜皱了皱眉头，用手捂住了另一只耳朵。

"是，莲诺奇卡，我听着呢……不，要大改！'不得不承认，我们达到了……'要这句做什么?！为什么不能直接说'我们达到了'？或者'不是没有必要指出……''我们必须毫无疑问地承认……'这些都有什么用？这里还有一处更绝的：'没有必要停留在这一点上，即我们需要从话语的焦点中剔除……'天啊！'从焦点中剔除'！别林斯基在棺材里都会坐立不安的！单单'话语'这一个词足以让我把他钉在十字架上！我不改了！"

陷入批评家的狂热的韦罗妮卡·亚历桑德罗夫娜开始挥起手来。为此，她只好把堵着耳朵的那只手拿开了。孙子语无伦次的说话声立刻传了过来："貌似，你瞧，就是吧！他貌似把对方给……"韦罗妮卡·亚历桑德罗夫娜急忙把手恢复到了隔音状态。

"不，莲诺奇卡，你不用说服我了！……什么……功勋院士，那又怎么样？……你确信他会认可我的修改吗？……哎，算了……"

她叹了口气，平复了一下自己的情绪，用和解的口气说道：

"就是吧，你瞧！……"

责　任

萨什卡当然很不错。

八年级的沃夫卡魅力十足，有魅力到想走近他都让人发怵，因为他周围的空气里好像都闪着火花。只是静静地站在他的身边都让人觉得幸福。他舞跳得好，还会弹吉他。总之……他从走进校门开始，身边就挤满了女生，貌似她们一早就开始在大门口等他了！我并不是在指责她们。不是的！要是有那么半点希望，他能够注意到我的话，我也是会去门口等的。

沃罗季卡很聪明。和他在一起特别有意思。在课堂上，他为了博得老师的喜欢，会说各种枯燥无聊的东西。但是下了课，有时就像上了发条一样：要么给我们讲北极熊，要么讲土星的卫星，要么讲怎么开采石油，还会讲应该怎么钻一个倾斜的井，才能从邻国的领土上偷取石油。

季梅奇长得很帅。我和他上同一个艺术班，一起跳舞，一起画画，每项活动都有一点交集。阿廖娜缺席的时候，他会经常选我做搭档。她总生病。我觉得很不好意思，因为朋友生病居然会让我开心。

斯塔斯也很逗。他会讲笑话，和他在一起总是很开心。他从第一堂课上课前就开始讲各种小故事，能一直讲到第七堂课结束。这个人的记忆力是有多好啊！虽然他总是记不住语法，却能记得上千个笑话！

尼基托斯非常勇敢。记得他给大伙看过他们跋山涉水的照片。反正他连校长都不怕，可以心平气和地和他讲话，好像对面站着的不是校长，而是他奶奶一样。

还有帕什卡。在现实生活里我和他不太熟，我们是在 VK 上认识的。但是他是那种……真正的男子汉。

但是，我依然对萨沙很好。

主要是因为，所有人都知道我有男朋友。男生们也知道。当你有男朋友的时候，你就好像一下子成熟了。

我一直惦记着他。

比如，上周萨沙病了，我和尼基托斯去他家探病。一路上，我俩别提有多欢乐了。虽然我想继续和他说笑下去，但还是去看萨沙更要紧。

再比如，我和沃罗佳一起做数学题。和他在一起太轻松了！好像心有灵犀。萨什卡对数学完全不开窍，总要给他讲解……想死的心都有了。但我还是很耐心。

他总想和我亲嘴。我知道这是应该的。但是，说老实话……要是说我喜欢什么……

我喜欢季梅奇跳舞时抓住我的手。他手心的温度会传递过来，我的心情会一下子变得很好。

我还喜欢沃罗季卡夸我聪明。有时候解题——当然是极少见的情况了——我会解得比他还快。

但是，我的男朋友是萨什卡。我们的关系早就在 VK 上写明了。我们也有规律地出去约会，好像上班一样。

因为如果有男朋友的话，就应该有约会。

所以，我现在就要和帕什卡分开，去赴约了……应该就是应该……

活 尸

尼基塔·普列皮亚欣决定一死了断。准确地说，是要自杀。不，要自尽。"自尽"这个词早就让他倾心，去年第一次听说的时候，尼基托斯在谷歌上搜索了半天，看了很多栩栩如生的图片和让人屏息的视频。

自尽的原因数不胜数。

首先，没有人懂他。比如，从一早开始，他是那么地不想上学，却没有任何人发现这一点。在课上，他一直在默念："不要碰我！你看我多难受！"但人们还是熟视无睹，还会招惹他，好像他是百无一利的害虫一样。每堂课的老师都像事先约好的一样，让他上黑板答题（全然不顾普列皮亚欣灵魂深处的痛楚），有的给他打 3 分，有的给他 2 分。

第二……

第二、第三、直到第一千个原因是什么来着，尼基塔一时想不起来了，因为他现在实在太难受了。

必须马上死去，这样才能让人们围在他的棺材旁扼腕叹息 ①……

"真好奇，"尼基托斯想道，"这个'扼腕'是怎么个扼法？"

他知道折弯别人的胳膊是怎样一番情形。有一次，维季卡训练完桑博后给他展示过。其实，这一点也不难，只要转动对方的

---

① 原文为"折弯胳膊"，固定词组，用来表示主体非常懊丧。

手腕，把它折到胳膊肘下面就可以了。然后，用自己的前臂把它铐牢。但是，怎样才能折弯自己的胳膊呢？

尼基塔站在镜子前面试了试。他觉得很可笑。

"算了，那就让他们抱头大哭吧！"这个想法让普列皮亚欣觉得很蠢，所以他连试都没试。

"总之，"他想道，"到时候大家都会明白，他们失去了一个什么样的人。"

尼基托斯忍俊不禁，但是忽然又想起他正在受苦，因此立即皱起了眉头。虽然家里没有人，但他也没有放纵自己。让那些最早找到他尸体的人一看到他的脸就明白，这个人曾受到过苦难的折磨。

就剩下选择方法了。

在小说和电影里一般都是用手枪自尽，但是家里根本没有武器，藏货只有鞭炮。可是，能用鞭炮自杀吗？呃……难道要把它放到嘴里，然后点燃？

不，这个方法一点也不合尼基托斯的意。他把鞭炮扔到窗外，便心满意足了。当然没有随手扔，而是瞄准了一下，让它在行人的脚下炸开了。看他们吓一跳，然后破口大骂，真是太好笑了！

尼基托斯又一次收起了脸上的笑容，躺在沙发里深深地叹了口气。

要是能这样躺着死去就好了。普列皮亚欣辗转反侧，找到了一个舒适的姿势。越是琢磨这个躺着死去的方案，他就越是喜欢。很优美、很纯粹，不像那种上吊的！在一部电视剧里，尼基塔见到过吊死的，呸呸呸……跳楼自尽也不好，身体会变成稀巴烂的。

一定要在脸上保留着受过折磨、被人不解的痕迹。

尼基塔眯缝着眼睛，把手放到了胸前，感觉这样足够有悲剧色彩了。还是不够吗？

他站了起来，走到了镜子前。他发现把手放在胸前没有任何问题，但是眯缝着眼睛就看不到自己的表情。尼基塔试着通过眼睫毛看过去，但还是什么都没看见。

这时，他灵机一动——可以照相的嘛！忙活了一番——给相机修改设置，再把它固定在桌子上后，尼基托斯达到了自己的目标。但是结果并没有让他满意，他看起来有点不自然，像个坚定的小锡兵 ①，脸上根本看不到苦难的痕迹。

普列皮亚欣把照片从相机里删除（他可不想让别人猜到他之前还彩排过！）后，又躺到了沙发上。为了找到一个足够自然而又悲壮的姿势，他辗转反侧了许久，来回调整躯干和手脚的位置。好像找到了一个，但是又发现用这种向外翻的姿势躺着是不太可能的，因为很快就会全身发麻、后背发痒。

尼基托斯决定无视这些虚伪的惯例，用他平时睡觉的姿

---

① 参见安徒生童话《小锡兵》。

势——蜷曲着胳膊和腿——便躺下了。多方便！多舒服！太好
了……

发现自己昏昏欲睡后，尼基托斯哆嗦了一下。他倒是不反对
在睡梦中死去，但是怎么死呢？

又逐一把所有的方案都回顾了一遍后，普列皮亚欣得到了结
论——最合适的方法应该是中毒身亡。但药店里买不到毒药。那
里倒是有无数种奇苦无比的药片。不过，尼基塔并不相信它们可
以致死——顶多会肚子疼，到时候还得洗胃，或者还要灌肠。

一想到灌肠，他就立刻把去药店买药的方案否掉了，把家里
的常备药都放回了原处。

"喝醋也可以让人中毒，"普列皮亚欣回忆起了某本书上的
内容。

还是在哪个电影里看的？还是某个人告诉他的？不管怎样，
这个方法应该是被验证过的。

醋无比难闻。尼基塔试图堵住鼻子，直接用嘴对着瓶子喝下
去，但是那气味通过嘴都能闻得到。肚子咕噜咕噜地响，好像洗
衣机一样。

"哦！"尼基托斯笑逐颜开。"我要饿死！既痛苦又高尚！"

他回到了沙发上，准备开始饿死。原来，这一点也不痛苦，
就是有点无聊，让人特别想吃东西，或者喝点可乐也行，最好还

是吃个肉饼。妈妈早上煎了一些，冰箱里应该还有剩的。妈妈做的肉饼特别好吃，她不是买现成的，而是自己剁肉馅，然后把它们煎得外焦里嫩，带一层深棕色的外皮。有时——当然是极少数的情况下——妈妈会忘记自己正在煎肉饼，那样的话，棕色外皮就会变成黑色，变得像煤炭一样。以往尼基塔是不爱吃这种肉饼的，但这会儿突然就是特别想吃那种烧焦的。这样，用嘴咬就会有咔吧咔吧的响声。

尼基托斯感觉再过一会儿，他会死得很羞耻——被口水呛死。

他翻了个身，努力让自己回想起那些灵魂之痛，想起没有一个人懂他，想起这个世界的漠然，想起圆白菜沙拉……

普列皮亚欣生气地坐了起来。他不想想起什么沙拉！更何况妈妈今天也没做。还是做了？反正自己也能做。这个非常简单，用擦板把圆白菜擦成丝后放点沙拉酱就可以了，还可以擦点胡萝卜丝……

尼基托斯握紧拳头，坚定了意志，然后又躺下了。

"真好奇，"他想道，"一个人不吃东西能挺多久？"

他没有起来开电脑。打开电脑，登上网络，上一下 VK，再登一下 QQ——这样肯定会把灵魂之痛给忘掉！普列皮亚欣采取了一个这样的办法，即用手机上网。搜索的结果让他郁郁寡欢。原来，一个人不吃东西可以坚持活好几个月呢！

或者拿口渴来说，一个人不喝水能活三到四天。

立刻想喝水了。

为了分神，他在手机上玩了会儿贪吃蛇。

正当他快要破自己最高纪录的时候，妈妈冲进了家门。每次她在单位和别人吵架的时候，她总会冲进家门。也就是说，她在单位会克制自己，但尼基塔和爸爸就要遭殃了。

"你怎么这么懒散地躺着！"妈妈发起了火，"又在玩手机！作业做了吗？中午饭吃没吃？又什么都没吃？！你的日志在哪儿？！我看看你都写什么了？……这太可怕了！"

妈妈慌忙坐到了他的旁边，把手放在了他的额头上。

"看来没发烧……你从早上开始就萎靡不振的！"妈妈突然抱住了他，好像他是小宝宝一样，开始心疼起他来，"他们这些混账，一整天都叫你上去答题？他们没看见你难受吗！我可怜的孩子……"

普列皮亚欣幸福地闭上了眼睛，投入了妈妈的怀抱，还应景地哼哼唧唧了几声。

"你这是怎么了……"

肚子咕噜咕噜地叫了起来，打破了美好祥和的氛围。妈妈猛地跳了起来。"我知道了！你这是饿了！赶快去洗手！"

用自来水洗着手，尼基托斯突然想到了一个极好的自尽的方法——躺在浴缸里割腕。据说一点也不疼，就像睡觉一样。有那么一瞬间，他犹豫了一下……

"我给你热一下肉饼，"妈妈从厨房喊道，"再给你做个圆白菜沙拉！趁你吃的时候，再烤个馅儿饼，面我已经和好了。"

"好吧，"普列皮亚欣心想，"明天再死也来得及！"

莎士比亚做梦也没想到

玛莎·伊万诺娃

我无论如何再也不去剧院了！尤其是不能和米尔卡，还有塔尼娅一起去！

主要是，谁能想到塔尼娅的歇斯底里会在最不合时宜的时候发作呢。当全场一片肃静，所有人都满面悲痛地坐在那里的时候，我们却……狂笑不止……

坐在我们旁边的大婶儿差点没咬我。她气得发抖，不止五百次地反复说，应该禁止我们这种没道德、没良心的怪物进入剧院；要是她有权利，她会把我们所有人都给……

我们觉得很惭愧。但这又让我们越发觉得好笑。

如果没有挨着坐的话，我们就会立刻安静下来，可是……我一看到塔尼卡笑得前仰后合，就又忍不住了。新一轮的笑浪席卷而过，根本停不下来。而旁边的米尔卡也开始捧腹大笑……总之，我们没能好好地欣赏莎士比亚。

"你们怎么能这么没心没肺地长大？"坐在我们另一边的女人也说出了让我们觉得羞愧的话，"你们这些孩子脑子里都装了些什么啊……"

塔尼娅·洛帕欣娜

我也不知道我是怎么搞的。一看到死去的朱丽叶，思绪就飞扬了起来……

一开始回忆起了妈妈的眼睛。那时，她刚从医院回来，就是出生不久的妹妹达什卡被急救车送去的那家医院。还回忆起了妈妈的声音，听着精力充沛，但完全不是妈妈平常的声音。

"一切都会好的！"说罢，妈妈就扭过脸去，"那里有最好的医生。"

之后，我被送到了奶奶那里，他们给我打电话说，一切都非常好，只要再过几天达什卡就可以从麻醉复苏科转到普通病房了。到那时候，妈妈就可以和她一起躺着了。

我大概有两周没看到妈妈。

后来，他们都从医院回来了。

之前，我总是对达莎发脾气。她总是大声地喊，弄得妈妈老是在给我讲睡前故事的中间离开。总之……她小，不等于她可以为所欲为！

而那一晚，我突然醒了，走到了爸妈的卧室，想看看妈妈。达什卡正躺在自己的婴儿床上，那么小，那么苍白，甚至有点发青。呼吸着。

我忽然想到，她差点就离开这个世界。如果那样的话，奶嘴就没用了，婴儿床也空了，游泳帽也会在浴缸里乱扔着……

一阵后怕席卷而来，我感觉自己的心跳都停止了。

还好爸爸把婴儿床一侧的床板给卸了下来，否则我是爬不进去的！里面很挤，我把双腿从床边的栏杆缝隙中伸出去，把一只胳膊枕到了头下，用另一只胳膊抱住了妹妹。

"我要一直听着你呼吸，"我轻声说，"即使上刀山下火海我也要保护你……"

后来才知道，在我和达什卡一起睡觉的时候，妈妈给我们拍了好多照片。

是爸爸把她叫醒了，让她看我们姐妹俩挤在一张婴儿床里的样子。

第二天早上，妈妈一边烙着小煎饼一边扭动着身子。我抱着达莎，对着她笑。之后，达莎也笑了！

从那以后，我一想到妈妈在厨房里傻傻地蹦跶着，嘴里哼着迈克尔·杰克逊的曲子的样子，总会捧腹大笑起来。我是无辜的，朱丽叶、剧院、周围的人与我无关……

对了，那一晚之后，达什卡彻底痊愈了！之后就再也没生过病。

米尔卡·基斯里岑娜

朱丽叶真是个白痴。

莎士比亚也没好到哪儿去！他写了一堆乱七八糟的东西，让一些人觉得这很正常，还要去学他的主人公……

当爸爸离开我们的时候，妈妈也是那样脸冲着墙躺着，嘴唇微微发抖，就像那个大白痴朱丽叶一样，也服了什么药。

那时，我还小，要是现在的话肯定会好好教育教育她，但那时的我只能围着她团团转，苦苦央求。我饿了，而且……很害怕。

然后，我这个小傻帽，决定要挽救所有人。于是晚上一个人跑到了城市的那一头去找爸爸。真是个傻子……

我甚至不知道具体的地址，只知道那个房子在"东方商店"的对面。最终还是找对了，看到窗下停着爸爸的车，便坐下来开始等。

我能整整等上一周呢！但是见鬼，傻子总是走运。约莫两个小时以后，他的那个……女秘书出现了。挥动着小包走了过来。

我猛地扑向了她，对她说，我想和爸爸谈谈！

我的嘴唇瑟瑟发抖。直到现在都让我觉得羞耻……

她用无比鄙夷的眼神看着我，但还是让我进屋了。从走廊开始就喊起来：

"瓦留先卡，你那个……玛莎来找你了。"

"我叫米拉，"我对她说。

而满脑子都在想："不能哭！不能哭！"

爸爸走了出来，瞪大眼睛看着我，好像看到了幽灵一般，而我则像小孩子一样紧紧抓住了他，开始哭诉起来。说我好害怕，妈妈已经三天三夜没吃东西，躺在那里一动不动，说我好难受，还有……

总之，我表现得像个一岁小孩一样。

他也怕了，拿起电话就给妈妈打了过去。而她则拿起了听筒，用精力充沛的嗓音说道：

"再也别给我打电话了，我这边一切都好！"

我可知道她是怎么个一切都好法！我能听出那个声音根本就是她装出来的，总之……

爸爸开始安慰我，给我唱歌，说没什么大事，是我夸张了。然后又说："我送你回家吧。"

这时，他的女秘书开始歇斯底里起来。开始喊道，她忍不了了，她为了争取自己的幸福而受苦受累，而我却出现了……说什么受不了这么对她，到处都是阴谋诡计……

我觉得很不自在……我也是两天两夜没怎么吃东西了。

趁着他们在吵架的时候，我溜了出来。

后来想起来已经没钱坐地铁了。于是走路穿过了大半个城市。好在我们的大街又直又长。一直沿着它走就不会迷路……

一路上我想了很多。关于妈妈、关于爸爸……

回到家，煮了土豆，擦了地板，让妈妈吃了饭。第二天她已经好了很多，起了床，洗了脸，然后上班去了。

从那时一直到现在，我一次都没有见到过爸爸。

所以，我不打算像有些人一样，看到莎士比亚的这种滑稽戏剧就哭出来。让我觉得很可笑！知道吗？我觉得很可笑！！！

韦罗妮卡·加弗里洛夫娜

这令人发指！绝对令人发指！

想象一下：我一整晚都在忙活季度报表，之后和老板面红耳赤地争论了一番，之后不知道哪个白痴在我的新丰田车上划了一道痕（不就是没停对地方嘛！），之后老公又醉醺醺地回家了……总之，祸不单行！终于熬到了周六，可以去剧院看莎士比亚了……本打算放松一下自己，缓解一下压力……这可倒好！剧院里有几个小姑娘——一看就是上职业学校的——在这部不朽名著最令人悲痛的地方开始狂笑起来！

我看这些孩子都活得太轻松了！她们没有遇到过真正的成年

人的问题和困惑，所以一个个都很轻浮！而且还吸毒——这三个肯定是吸多了，要不然怎么会这么放肆！

感谢上帝，我没有孩子（将来也不会有了）。要是我有孩子的话……哦不！我的孩子们一定不会笑着看莎士比亚的。他们会哭！他们会痛哭流涕！

自由了！

男生们

拉多姆斯基神秘兮兮地晃了晃手上的黑色塑料袋。有东西在里面发出了低沉的撞击声。

"里面什么东西?"洛普赫问道。

"啤酒!"帕弗里克小声回答,警惕地环顾四周。

但是周围并没有外人。即使有,也是看不到什么的。我们把拉多姆斯基围了个水泄不通。

"胡扯,"尼基托斯也压低了声音说道,"要是啤酒,怎么不是清脆的响声?"

"我提前都想好了。是罐装的。"

"我可不喝啤酒,"弗拉季克畏畏缩缩地说道。

"也没人让你喝!"维季卡随手削了一下弗拉季克的后脑勺。

弗拉季克立刻缩起了脖子。但其他人都没兴趣成为维季卡的帮凶。

"藏不住的,"基里尔说,"我爸就能闻出来,那他该不让我去远足了。"

"现在不喝,"拉多姆斯基一本正经而又依旧轻声细语地说道,"这正好就是为远足准备的。咱们每个人都在书包里背一个。"

大家纷纷拿了一罐，包括罗日科。他还是坚决地重复着："我可不喝啤酒。"为此，大家惩罚他带下酒的小吃：薯片和干鱼。

这场远足值得我们好好准备。一学年结束了，我们打算彻底放松放松。节目单里包括：在篝火旁的吉他弹唱、掀女生的帐篷、半夜去游泳、用手电筒和学狼叫来吓唬女生及看日出等项目。

而啤酒则是男人们的好伙伴。

瞒过班主任不成问题，但是跟我们一起去的还有体育老师。他可是个不好对付的男人。据说，他年轻的时候是专业的山地车选手，还进过某个共和国的代表队，但他本人不知为何不爱主动提起这些话题。体育课上，他从来不会难为女生，但对我们男生却一直都很凶。因此，我们的节目单上还有这么单独的一条："支走体育老师。"

我们开始集思广益：在他的汤里下安眠药或泻药；把他的运动鞋藏起来；把帐篷的出口粘上；用伏特加来贿赂，等等。

和往常一样，弗拉季克又不合时宜地插了一嘴：

"有人会弹吉他吗？"

我们面面相觑。没有人会。离远足只剩下三天时间了。这时，罗日科又一次让我们大吃一惊：

"好吧，那我来带吧。"

"你哪来的吉他？"洛普赫惊讶地问。

"我在上艺术辅导班，已经学了两年吉他了。"

维季卡按捺不住，又削了一下弗拉季克的后脑勺。这个怪胎，什么都不跟朋友们说！

女生们

学期末的最后几个星期，班级里上演了一部部精彩的连续剧，估计很多编剧看了都要眼红。

多得我们已经搞不清楚是谁和谁好了，谁和谁分手了。新情侣们昙花一现，手机因为源源不断的短信而发烫，VK 上也火热一片。

我们翘首企盼着远足，因为大家聚在那个幽静的环境里，就可以把许多头绪给理清楚了。

比如，拉多姆斯基既然和波琳娜出去约会，为什么还要给伊莉莎发那些令人脸红的短信呢？昨天还到列拉的训练场去了，说什么"就是想看看……"

还有，沃罗季卡为什么不承认是他在给塔尼娅写情诗？反正大家都知道那是他。还能有谁呢？

还有米尔卡……这个混蛋把我们的一辈子都给毁了。一旦班里某个女生开始喜欢上某个男生，她就肯定会出现在那个男生旁边，又是抛媚眼，又是抚弄她那吹过的刘海儿——然后就搞定了……这些傻子肯定会上钩！之后，她当然会把他们给甩了，但是想在米尔卡之后再接近他们……感觉很掉面子……就好像从地上捡起人家吃剩的东西一样。

总之，我们有许多计划。所有人都一心期待着在繁星点点的撩人夜色之中的无尽的浪漫与温柔。

男生们

在有很多户外经验的尼基托斯的指导下（每年他都和父母一起去卡累利阿[①]），我们很快就集齐了所有的必需品：火柴、鞭炮、小刀。基留哈的哥哥答应给我们偷来一支气枪。

"远足之后，你就等着挨骂吧！"维季卡幸灾乐祸地说。

"我才不怕呢！"列宾骄傲地回答。

关于抽烟的问题，我们讨论了很久。你看，我们也算是八年级的人了，也到了该抽烟的年纪了，但是大伙众说纷纭。弗拉季克又开始老调重弹了起来："我可不抽烟！"拉多姆斯基和维季卡有些犹豫不决，互相怂恿着对方。尼基托斯坚持要带着烟，但又拒绝从他爸爸那里偷。

"他会发现的！他对自己的东西了如指掌，跟放牧的一样！"

其他人要么是家里没人抽烟，要么是不敢偷，要么还有别的

---

① 俄罗斯联邦的一个自治共和国，位于西北部，境内多国家森林。

借口。拉多姆斯基和维季卡还在互相挑唆着彼此，那架势就差当场去售货亭附近请求某个大人帮着买几包烟了。

这时，罗日科又像惯例一样说出了让我们瞠目结舌的话："算了……那我带吧……我妈去年戒烟了，柜子里还放着一条呢……"

"好一个罗日科！"维季卡举起手想再削他一下，但在最后一刻改了主意，拍了拍他的肩膀。"你真是我们的……藏宝库啊！"

"好极了！"拉多姆斯基总结道，而后又突然惊慌失色，"那电脑呢？"

我们呆若木鸡。把最重要的给忘了！我们怎么能不带电脑去森林里呢？万一有需要呢！

而这回连罗日科也无能为力了。他们家从来就没有过电脑的影子！

不过到集合那天，弗拉季克是装备得最齐全的：又大又旧的背包、装在套子里的吉他，还有一个大塑料袋，里面明显放着长方形的一条香烟。罗日科第一个钻进了大巴，把袋子深深地塞到了座位下面，然后在那里正襟危坐，好像坐在防坦克地雷上的地雷手一样。

女生们

准备的过程又漫长又痛苦。我们自然要穿得漂漂亮亮，因为不想在那个浪漫的夜晚显得邋里邋遢的，但是又不能在晚上点篝火前换成裙子和高跟鞋！

波琳娜出门前和她妈妈大吵了一架，因为妈妈不让她穿新买的牛仔裤。所以，她只好穿着那条旧的就来了，脸上还有泪痕。那裤子对她来说一看就短了很多。

这些妈妈们呀……总之，我们特别同情她。换作是我们，也都会大哭一场的。

更何况，米尔卡是穿着美得无与伦比的紧身裤和麂皮靴子来的。

"你打扮这么漂亮这是要去哪儿？"班主任吃惊地问，"我们去的可是森林啊。到处都是泥巴。你要怎么坐在篝火旁边？"

"没事的，波琳娜·亚历山德罗夫娜，到时候会有人借我外套的，"米拉悠扬地回答，并向男生们投去了温柔的一瞥。

男生并没有听她说话。他们围成一圈，正在认真地讨论着什么。

班主任抿了抿嘴唇，但没有再多说。

在大巴上，米尔卡优雅地把背包放到了座位上，然后把她的那双长腿伸到了过道上。她坐在那儿无聊了一会儿，然后转向了男生那边。

"有没有谁带烟了呀？"她问道。

她还真是问对人了！她的问题让罗日科的下巴差点掉地上了。

而她呢，用温柔的手指抚摸了一下他的脸，把他的嘴给合上，说：

"那我就不问避孕套了……"

然后就转过身去了。

可怜的罗日科，他的脸甚至不是普通的红色，而是变成了深红色。而米尔卡却若无其事地转过身去，开始抹起了口红。

男生们都用满怀羡慕的眼光看着罗日科，让我们觉得恶心。

真是一群白痴！大白痴！

男生们

这回尼基托斯嗨了。大家都十分羡慕他可以那么迅速地搭起帐篷。我们知道那是普列皮亚欣在女生面前卖弄。但总之……其他的男生们郁闷地鼓弄着自己那一推花花绿绿的防水布，试图偷看尼基托斯是把什么搭到哪里去的。更让人没面子的是，杰米多娃也用和普列皮亚欣相差无几的速度搭好了帐篷。基斯里岑娜也还总是过来妨碍我们。

总之，大家都变得骂骂咧咧的。体育老师走过来，火速向我们嚷嚷了一通（对女生却一言半语都没有），而且达到了想要的效果。一个小时后，不仅帐篷都搭好了，周围的土也都被刨了一遍。

维季卡嘀咕着说，我们是来林子里休息的，而不是来挖地的，但体育老师对他吼道："立刻拿起铁锹，接着挖！一旦下雨，你们就会感谢我的！"

只好接着挖了。在这段时间里，女生们仅仅来得及熬了一锅粥。

真是好吃懒做。

女生们

我们总共有四个帐篷。其中的两个一眨眼的工夫就被列日卡和尼基托斯搭了起来。列日卡经常参加集训，学了很多技能，尼基托斯也经常去户外旅行。

他的父母很潇洒，不像其他人那样去土耳其度假，而是每年都去惊险刺激的户外探险。有时坐皮艇，有时骑自行车。

在我们还不知所措的时候，他们就迅速耙出了一片地，麻利又协调地拿起了帐篷，说这回该把这些塑料长棍往这些特制的小孔里插进去了。

米尔卡是第一个按捺不住的。她走向了尼基托斯，在他耳边呢喃道：

"你怎么这么敏捷！教教我，好不好？"

尼基托斯默默地把帐篷放到了她的手里。但是她什么也没学会。因为列拉立马抛下了他们，去帮体育老师生火去了。

尼基塔试图给米尔卡解释点什么，但她却一会儿弄掉这个，一会儿弄掉那个，之后又被弧形杆砸到了额头。她歇斯底里地向基尼托斯吼了一阵，然后走掉了。

波琳娜立刻凑到前面去帮忙，尼基塔却对她喊道："都一边待着去，我还是一个人来吧。"

当然，波琳娜走开了，但能看出她的嘴唇在发抖。她就是因为尼基托斯才来远足的。她本来是要和父母一起去维尔纽斯①的，但她说服了他们，说自己留在奶奶那里，就没去。她是有多稀罕尼基托斯呀！

我们很想帮列日卡熬粥，但她只是翻了翻白眼。

"有什么好帮的？水也倒了，粮食也放了。"

她确实三下五除二就搞定了。我们只有站在旁边看的份儿。

尼基塔在急忙路过我们身边的时候，提起小锅把下面的支架正了正……并大声喊道：

"你们都站着干什么？倒是帮一帮啊！"

我们都气急败坏地散开了。

---

① 立陶宛首都。

男生们

不管怎样，有粥喝已经很不错了！甚至连平时都不会正眼瞧一下大麦米的洛普赫，都津津有味地吃了一大盆儿"霰弹弹头"（不知为什么体育老师是这么叫大麦米粥的 ①）。可能是放了牛肉罐头的原因！

我们在篝火旁横七竖八地躺下，磨磨蹭蹭的，想把女生们给甩掉。真舒服！然而，班主任却打断了我们的享受："快给我起来！要是你们着凉了，我怎么和你们家长交代！"

只有弗拉季克一个人跳了起来，其他人动都没动一下。

"就是嘛！"体育老师走过来，附和着班主任的话，"还有，谁来刷锅？"

"那可是女人的活儿呀！"拉多姆斯基惊讶地说。

"女人的活儿只有一个，"体育老师打断了他，"那就是生孩子！"

我们的哈哈大笑让他气得满脸通红，他一把抓起了离他最近的那个——基列耶夫。我们都吓坏了，以为萨沙的脑袋要遭殃了，但还好没有。体育老师只是把锅塞到了他的手里，一把把他推向

---

① 一种民间的，尤其是在军队里对大麦米粥的戏谑叫法。

了小河的方向。那力气大得，至少有五米基里耶夫都是因为惯性向前的。这下只有女生在咯咯地笑了。

"还有谁想被抬起来？"体育老师不满地问。

我们只好纷纷站起来去刷碗。与此同时还商量了晚上的计划。

"一旦所有人都躺下来，"拉多姆斯基说道，"我们就溜出去，喝点啤酒，射会儿气枪，抽点烟……"

罗日科突然变得面色苍白，把手里的盆给弄掉了，本来他是按尼基托斯教的那样，正用沙子努力地刷着呢。大伙只好全体站起来去够那个盆，但这条小河的水流不可小觑。

"真想打断你那双手！"为了够到它而下半身全都湿透的洛普赫气愤地把盆塞给了弗拉季克，"连个盘子都拿不住……笨手笨脚的……"

"我只是刚想起来……"弗拉季克差点哭出来，"我把烟落在大巴上了。"

大家只能唉声叹气。能拿他这种人怎么办呢？

"晚上在篝火旁边弥补吧！"拉多姆斯基说道。看到罗日科不解的眼神，他又解释道："吉他不会也忘了吧？"

弗拉季克开心地摇了摇头。

"你来唱歌！诸位好汉，大伙都带着啤酒呢吧？"

"带是带了，"洛普赫一边拧着牛仔裤，一边替大家回答道，"但是体育老师有可能会检查背包……"

于是，我们决定把啤酒藏到森林里。大家暗中把啤酒罐集到了一起，用袋子包了起来，然后向森林派出了由（犯过错的）罗日科和（最有经验的）尼基托斯组成的代表团。

在我们等他们回来的时候，女生们时不时地在我们周围晃悠着。要么是米尔卡来叫拉多姆斯基去采野果子……什么野果子？我们难道是来这儿采果子的不成？……要么是伊莉莎叫基列耶夫帮他看看她搭的帐篷怎么样（也来问了我，我可是专家呢！）；要么是科瓦廖娃心不在焉地走过来——大概有五次的样子——然后又走开了。

"你的尼基托奇卡会回来的！"维季卡忍不住说道，"他去森林里了……"

我们放声大笑。波琳卡红着脸跑开了，之后就再也没看见她。

尼基托斯和罗日科带着惊人的消息回来了：

"那儿有个防空洞！"

我们一股脑地冲向了森林。

女生们

男生们已经走了有两个小时了。夜幕降临了。

起初，我们也没等他们回来，只是慵懒地躺着晒太阳。米尔卡当然借机把外套脱掉了。

我们其他人谁也没想到要带着泳衣来，而她则把上衣的扣子解开，躺在那里，好像在晒日光浴一样。她的泳衣是按裤子的颜色搭配的。

在这之前，波琳娜的脸色一直很差，这回是完全爆发了。她跳了起来，扬起一阵灰，便跑进了帐篷里哭去了。

玛莎把头埋在书里，全然不顾周围的一切。

列拉和伊莉莎正热火朝天地讨论着裁判和比赛的事情。

卡佳和塔尼娅没完没了地谈论着有关男生的话题。

她们可是有谈资的！自从基列耶夫把卡佳的数学成绩修改成两个 10 分开始，他们两个已经在一起半年了。而塔尼娅也和尼基托斯约过会，他们之间有过点儿什么——非常严肃的什么东西。

我们都漫不经心地听着，她们自己也没想压低声音，而在中间，波琳娜突然从帐篷里跳了出来！

那样子……两眼通红，明显哭过，还闪着泪光。"我以为你们都是朋友，可你们……算了，基斯里岑娜……"然后她忽然说出了很吓人的词语。

"天啊！"玛莎喊道。她书都读不下去了。

因为我们是不习惯这样大声说脏话的。只有男生才会这样，可是波琳娜一发不可收拾。

"你们全都是故意的！我敢肯定你们根本不需要普列皮亚

欣。你们这是故意想要气我！那你们倒是上啊！和他去看电影，和他一起搭帐篷，在我面前和他接吻吧！"

波琳娜号啕大哭，而我们却呆若木鸡。

"波尔卡，我们真的只是一起搭帐篷罢了，"列拉开始辩解起来。

"这都是哪辈子的事了！"塔尼娅喊道。

"你刚才说我什么？"米尔卡嘟囔着说。

然后，大家就炸开了锅！

我们已经忍了很久了，已经忍无可忍，把所有对男生们的怨恨、对他们不在场的怨恨、对希望破灭的怨恨都撒在了米尔卡的头上。我们班女生从来没有这么团结过。米尔卡气势汹汹地反击着，显然是把自己当成了这个夜晚的女王。

"谁需要你们这些小屁孩儿啊，"她嗤之以鼻地说，"他们还是孩子，什么都不会！就像你们一样！"

这时，列日卡让我们大吃一惊。当所有人都扯着嗓子骂人的时候，她悄悄走近了米尔卡，用甜美的嗓音说道：

"你要不还是把扣子系上吧……也不看看你裤子上面垂下来的那些脂肪，尤其是当你喊的时候，它就会抖动起来，特别搞笑……"

我们的一切怨恨瞬间烟消云散了。我们笑得上气不接下气。米尔卡的脸色变得像死人一样苍白，她系了上衣的扣子，默默地离开了。

后来，列日卡对我们说，这不是她自己想出来的，而是在比赛的时候她们那"友好的"女性团体里曾经发生过比这还狠的事。

之后，我们马上言归于好了，因为看到男生们向我们这里走了过来。

男生们

那儿还真有一个防空洞！混凝土造的！还有射击孔！

从外面看，它被灌木丛完美地遮蔽了。如果不是尼基托斯和弗拉季克指给我们看，我们是绝对不会猜到的。

"你们是怎么找到的？"洛普赫惊讶地问，湿漉漉的裤子让他瑟瑟发抖。

"是那个跛子，"普列皮亚欣用头指了指罗日科，"竟然要去那里。"

弗拉季克下意识地摩擦了两条腿，估计是碰伤了。

"你们钻到里面去了吗？"基留哈问道。

"我们有点害怕，"尼基塔坦白说，"万一有地雷呢？"

大伙都不做声了。是啊，要是里面有什么陷阱呢？那专门为我们这些好奇的人准备的。

"钻进去！"拉多姆斯基毅然决然地走到了墙上的门洞那里。

维季卡也毫不犹豫地跟着他。大家只好全部效仿。不过，里面地方很小，所以非常拥挤。罗斯科和洛普赫根本都进不来。

"以前的！"基列耶夫用充满敬畏的声音悄声说道，"很有可能是哪场战争留下的……"

"和德国人的？"基留哈问道。

"不，去你的，"拉多姆斯基冷笑一下，"和拿破仑的！"

"听着，"维季卡说，"也许能找到武器呢！"

这个想法让所有人心动。真正的 TT 手枪或者是 MP40 冲锋枪可不是区区气枪能够相提并论的。

我们用胳膊肘推搡着彼此，想仔细看看墙上或地面上，但只是相互妨碍。洛普赫在外面嚷嚷着赶紧让他也进去，说他也想看，让场面变得更加混乱。我们大吼大叫了许久，最后达成了协议：一次进去两个人，每一对十分钟。

然而，这个主意也没有带来什么好结果。每一对都对防空洞进行了两次侦查，但只找到了一堆腐烂的破布……也许不是破布，而是别的什么，反正我们没有进一步确认，连个像武器的东西都没有。最后一对进去的是弗拉季克和洛普赫，他们漫不经心地踢了踢地上的垃圾，打算要钻出来了。这时，洛普赫狠狠地向墙面踹了一脚。很难说他这个举动目的是什么，然而效果却分外地惊人：墙面松动了，中间出现了一个足球那么大的洞。不，都有篮球那么大了。

"有密室!"洛普赫大吼一声,立刻扑上前去把手伸到了洞里。

要么是因为手感太钝,要么是因为不走运,他什么都没摸到。这回轮到弗拉季克出手了。他缓慢地而又全神贯注地来回摸索了一番,忽然怔住了。

"什么呀?!"我们异口同声地喊道。

罗日科得意洋洋地把一包破破烂烂的东西掏了出来。不是很大,也就和弗拉季克的拳头一般大。洛普赫想一下子夺过去,但罗日科利用狭窄的空间,敏捷地用身子掩护了自己的战利品。

"别在那磨蹭了!"我们高喊,"找到了什么呀!快给我们看看!"

弗拉季克最终还是守住了那包东西,用身体护着它不让洛普赫靠近,并拆开了它。原来是一块手表。洛普赫由于羞耻大吼了一声,把身子弯成了不可思议弧度,并从罗日科的手中抢走了手表。

"指挥官戴的!"他说道,"我曾祖父那儿也有过这样的!"

洛普赫开始给它上发条,然后把它拿到了耳边。弗拉季克耸了耸肩,开始研究手上剩下的那一部分。

"给我照一下!"他求助道。装备齐全的尼基托斯从口袋里掏出了小手电。

那光线足够罗日科分辨上面的字了:"'准尉……布尔达琴

科……这头倔驴……’哦，这里是脏话，啊哈，不对，之后也是……啊！有了！‘一定可以复员……1986 年 5 月 15 日。’”

“这就是你们说的战争！”维季卡失望地拖长了声音。

我们一路喧哗着走回了露营地。虽然发现防空洞和战争没什么关系，还很不结实，好不容易找到的手表怎么也上不了发条，但我们还是觉得自己度过了一段充实的时光。

女生们

男生们是和一群蚊子一起回来的。太阳下山了，成群的蚊子扑向了我们。男生们却没有。

他们完全对我们漠不关心，只是热衷于自己找到的手表，之后又讨论了一阵战争游戏，然后又嚼起了薯片来，估计是带了好几公斤……

只有尼基塔没和他们一起吃，他和列拉一起去生火了。波琳娜起初很懊恼，但后来走了个弧线凑到了他们身边。

随后，我们也纷纷挪到了那里。我们从头到脚都喷了花露水，把自己团团裹住，像穿着宇航服那样。大家都想坐到有浓烟的地方。尼基托斯解释说，蚊子在浓烟里看不清楚飞行路线，因此人也不容易被咬。

随后，气氛其乐融融了起来，我们又熬了一锅粥，讲了很多鬼故事。

所有人都在等着班主任和体育老师去睡觉，那样我们就终于可以随处走走了。沃罗佳把吉他拿了出来。他弹得很好，但只有列日卡、尼基托斯和罗日科知道歌词。

会唱的人兴高采烈的，而我们很快就觉得无聊了。这时，男生们对我们说要去睡觉了，说是累了。

"这也叫远足！"塔尼娅不满地说，"被叮得浑身是包，什么乐趣都没享受到！"

这时，卡季卡跑过来说，男生们只是想把体育老师给引开，说是要装作所有人都回去睡了，之后会溜出来，还会叫醒我们。这是萨什卡对卡季卡偷偷说的。其实他是对她说，待会儿不能来叫她了，因为他们决定只叫醒男生。

如此一来，我们也决定分散老师的注意力。都钻进了帐篷里。刚开始还想开着手电打牌，但大家都被蚊子折磨得不行，所以就把手电筒也关掉了。

男生们

整晚我们都很亢奋——不仅是因为势头强劲的蚊子们，还有因为那种对即将到来的快乐的预感。所有人都在想该如何度过这个自由之夜，甚至在篝火里烤的土豆都没什么人吃。洛普赫那个贪吃鬼也只是吃了三个罢了。因为他手头还有事——他想让那手表起死回生。他不停地晃啊，上发条啊，忙得不亦乐乎。这让我们所有人都很不耐烦，甚至烦到了体育老师。他一把把战利品夺过去，然后就拿着它离开了。我们起先还坐在那里琢磨，晚上该怎么把手表偷回来，后来发现白费脑筋了。我们派了基列耶夫去侦查情况。他回来对我们说，体育老师把手表给拆了，放到了手帕上——调试。他小心翼翼地吹、仔细观察每一个零件，然后再重新安装到了手表上。他那工具也不知是从哪弄来的。

随后，帕尔·安德列伊奇亲自来到了我们这里，把已经修好的手表递给了洛普赫，并问道：

"这个准尉布尔达琴科是你什么人？"

洛普赫兴高采烈地接过来，并扯道：

"不是我什么人！一头倔驴，还有……总之是个白痴。"

体育老师的脸立刻沉了下来，吓得洛普赫把一切都给招了：防空洞啦，小纸条啦。帕尔·安德列伊奇变得稍稍温和了一些，说道：

"你们看见手表的背面写着什么了吗？"

然后，他不等我们回答就走掉了。

我们读了出来："团长致准尉布尔达琴科，以纪念其英勇事迹。

坎大哈，1981年。"

我们面面相觑：

"坎大哈在哪儿？"

"在阿富汗，"拉多姆斯基突然开口说，"我爸在那儿打过仗……是个可怕的地方。"

洛普赫小心翼翼地把表放在手上转了转，然后塞到了口袋深处。

从篝火那边传来了悲戚的歌声和吉他的铿锵声。弗拉季克弹得倒挺好，但唱得就和他本人一样招人烦。

"我们得装作早早入睡，"拉多姆斯基吩咐道，"等老师们熟睡后，我们就去林子里！"

米尔卡·基斯里岑娜

这群小屁孩儿让我受够了！

他们的歌、他们的故事，还有那些小儿科的东西！我走到了森林里，冻坏了。我给维季卡打了电话，他虽然很也蠢，但偶尔还能懂一些。

维季卡带着啤酒过来了。我们两人一起喝了一罐。一点也不好喝，但可以让脑子忘记烦恼。我让维季卡再去拿一罐过来，他磨叽了一会儿，但还是拿来了。

自己却没喝……太逊了……

之后，我变得越来越兴奋。维季卡没完没了地对我说："小声点！小声点！"

"干吗要小声点？"

"会被发现的！"

"发现就发现吧！还是你害……害羞了？啊？反正我是一点也不害羞！你想不想让我亲你一下？"

看到维季卡惊慌失措的样子，我发起了火来："给我滚！胆小鬼！大白痴！"

维季卡一溜烟地跑掉了。

刚开始，我还有点害怕。森林里黑漆漆的。之后发现也没什么好怕的，因为我们的篝火在不远处烧得正旺呢。看得很清楚。

"以后再也不跟这群熊孩子去任何地方了，"我恶狠狠地想道，"我要找真正的成年人做伴……"

这时，我忽然茅塞顿开。我意识到，没有必要去找了。他就在这里。

我觉得自己全身都轻飘飘的，好像双脚都没有着地，就直接冲到了体育老师的帐篷里。帕尔·安德列伊奇，他多有魅力！他不会拒绝我的！

没想到他正在睡觉。

　　我钻进了帐篷里，之后就完全不知所措了。帐篷里很闷，我的脑子昏昏然，可能是因为太激动了吧。

　　我扯了扯安德列伊奇的胳膊，想要亲他，但是弯下身子也没有用。越来越头昏脑涨了。

　　这时，体育老师睁开了眼睛。

　　"怎么了？"他问道。

　　"哎呀，"我脱口而出，然后嘿嘿笑了笑。

　　"出什么事了吗？"安德列伊奇焦急地问。

　　"出爱情的事了，"我回答道，并调皮地眨了眨眼睛。

　　体育老师闻了闻味道，吓得睁大了眼睛。

　　"我们出去！"他严厉地低声说。

　　但我浑身无力，有点恶心，哪儿都不想去。

　　"不——，"我哀求道，"我想待在这儿——和你——在一起。"

　　之后，我完全不记得我是怎么被弄到外面去的，只记得四周都是树林，我吐了，然后那个施虐狂给我泼了好几升水。

　　"米洛奇卡，你为什么要这么做？"

　　哎！

　　要是他大喊大叫就好了！要是他大声嚷嚷着骂我，我就知道该怎么做了。我就会耍起泼来，然后盛气凌人地回去睡觉。然而，这一声"米洛奇卡"让我乱了方寸。我嘴唇开始发抖。总之……

　　体育老师摸了摸我的头，我号啕大哭起来。已经有好几年没有人叫我米洛奇卡了……

男生们

　　手机铃声把我们叫醒了，这是米尔卡给维季卡打的电话。他大步流星地跑了出去，期间还逼弗拉季克说出了他和洛普赫藏啤酒的地点。一想到啤酒，我们便精神了起来。我们感觉有点害怕，但这让一切更加刺激。

　　"要是安德列伊奇抓到我们……"尼基托斯一边系着鞋带儿一边悄声说道。

　　没人回答他，因为大家心知肚明，后果不堪设想。不知道具体会怎样，总之会是灭顶之灾。

　　当我们慢悠悠地走向隐蔽点的时候，维季卡都已经去过两次了。大家纷纷拿起了啤酒，喝了一口（弗拉季克还是像先前一样顽强地拒绝了）。我们站在那里，冻得瑟瑟发抖。

　　"咱们去岸边吧！"维季卡提议道。

　　于是，我们去了，其实就是为了随便走走。这有点让我们感到沮丧：这不，把自由争取来了，该拿它做点什么呢？在路上，我们想起了气枪，拿出来朝松树打了几枪。没什么意思。

　　我们来到了岸边。它又高又陡，所以我们都没有冒险下到湖边。大家把剩下的啤酒都喝完了。拉多姆斯基从口袋里拿出了一袋子鞭炮，在手上玩弄了一下，叹了口气，又藏起来了。

洛普赫津津有味地嚼着什么。所有人都觉得自己像个白痴。

"自由……"基留哈懊丧地嘀咕了一声。

女生们

米尔卡把我们叫醒了。她在深更半夜的时候闯进了帐篷里，踉踉跄跄，边走边骂。

我们都跳了起来。

"差点睡过头了！"波琳娜低声说，"走，去给男生们抹牙膏^①去！"

米尔卡含混不清地嘟囔着什么，便倒下去睡觉了。我们摸索着帐篷的帘子，一一钻了出来。

外面冷飕飕的。男生们的帐篷空无一人。我们在旁边磨蹭了一阵子，想了想接下来该做点什么。

最后，我们决定去湖边狂欢，却惊奇地发现那个地盘早就被人占领了！湖边坐着我们班的男生们。

"啊啊啊！"波利亚喊了起来。

---

① 俄罗斯中小学生远足时常用的恶作剧之一。

"你傻呀，该把班主任吵醒了！"大家纷纷制止了她。

"可算自由了，让我们好好嗨一嗨吧！"波利亚压低声音说道。

"来吧！"大家悄声回答，之后又继续郁郁寡欢地坐在那里。

大伙儿

"我们做点什么呢？"塔尼娅问道，"要不，玩转瓶子？"

她满怀希望地看向了尼基托斯。然而，尼基托斯正和列拉聊得热火朝天，完全没有反应。

"看来咱们班又要有新的恋情了。"波琳娜揶揄道。

列拉和尼基托斯说到了某个只有他俩才懂的笑话，开怀大笑了一番，之后又继续聊了下去。

"他们可以忘乎所以地聊到第二晚！"塔尼娅生气地喊道，"尼基托斯！"

"啊？"尼基塔回答。

"谁啊？"男生当中的某人嘿嘿一笑。

"听着，你们干吗老是缠着我，大家都找人聊聊天好不好！"尼基塔恼火地说道。

波琳娜的嘴唇颤抖了起来。

"你真是个猪头，普列皮亚欣！"她大声说道，"我还不如去维尔纽斯呢！你之前还给我发短信……"

波琳娜说到一半停住了，而尼基塔却突然发作了。

"我真的烦死你们这群人了！"他一本正经地说，"要是你们能知道我有多烦你们就好了！我也是有权利和女生聊天的好不好。就是聊聊天！她不抛媚眼，不向我索吻，也不逼我向自己表白！我不想爱任何人，听见没！烦死了！！！"

"什么——？"波琳娜大喊，"是你自己！你……你……"

随后，大家乱作一团。看来这一年来每个人都积攒了很多想对彼此说的话……

尼基塔不耐烦地向波琳娜挥挥手，接着对塔尼娅喊道，她居然穿着那么高的高跟鞋去看电影，比他都高了半头。而与此同时玛莎也咄咄逼人地向塔尼娅说道："你在剧院怎么能笑得那么厉害？我还以为警察会来抓我们呢！"

塔尼娅来回转动着头，不知道该回答谁。

基里尔抓着洛普赫的外套领口，反复说道：

"新年晚会上是我赢了！就是那次吃苹果的比赛，是我赢了，听见没？"

维季卡握着拳头扑向了拉多姆斯基：

"你那次是故意站在尼基托斯的背后，让他被杀的！你这个怪物！"

　　柯秀莎没头没脑地咬着牙对伊莉莎说：

　　"你多好啊！你是三好学生！冠军得主！你是我们的明星，你什么都好！"

　　伊莉莎不知所措地嘀咕着：

　　"什么？我完全听不懂你在说什么！"

　　弗拉季克试图让所有人都冷静下来。

　　"你们怎么了？大家都别吵了！"

　　他立刻就被基里耶夫骂了一通，说三八节的时候没有任何男生给女生送了祝福，除了他这个书呆子……

　　塔尼娅最终回过神来，怒气冲冲地回击了尼基托斯、玛莎，不知为何还有列拉：

　　"你们都缠着我干什么！还不如冲米洛奇卡·基斯里岑娜喊呢！她才是自命不凡的人……"

　　忽地，有那么一秒钟，湖边安静了下来，大家都不约而同地大吸了一口气，打算接着破口大骂……这时突然传来了一句话："看啊……日出。"

　　米尔卡怅然若失地坐在悬崖的最边缘，用手指着前方。

　　东边的天色早就绯红了，而就在此刻又大又红的圆球在水平线那里膨胀着，仿佛白桦树的胚芽，又仿佛奇异的火红色玫瑰的蓓蕾。大家都张大了嘴巴，站在原地一动不动。不知为何，任何人都不想错过这个胚芽—花蕾盛放的瞬间，且在这个瞬间必须沉声静气。

太阳自信而又缓缓地升了起来。无论世间有何种恩怨情仇、悲欢离合，它都会照常升起，这是自然界的规律。可以接着吵架，或者寻死，或者从悬崖边纵身一跃，或者唱个国歌——太阳还是会照常升起。

正是因为如此，没有任何人再吵架，也没有人寻死、跳下去或者唱出来。大伙儿只是静静地站在那里呼出了那充盈于肺腑之中、催人呐喊的空气。

太阳升了起来。

大家纹丝不动。

之后想再看着它，眼睛变得十分刺痛。因此，所有人都把目光转向了另一边，努力不去碰上其他人的目光。

又瘦又高的基里尔放下了一直攥在手里的洛普赫的衣领。他窘迫地给洛普赫理了理领子。胖胖的洛普赫显得更加难为情，他那支棱着的耳朵比旭日还要红。

尼基托斯用眼神向列拉请求了原谅，之后把自己的外套搭在了波琳娜的肩上。即使站在瘦瘦的尼基托斯旁边，波琳娜依然显得那么瘦小，她向前了一半步，和他并排站到了一起。尼基塔用胳膊环抱住了她的肩膀。没有人笑话他们。

长着栗色头发的胖妞柯秀莎惊慌失措地看着悲喜交加的伊莉莎。塔尼娅把手帕递给了伊莉莎，她表示谢意地点了点头，然后擦起了脸。

浅发美男子拉多姆斯基和圆乎乎的维季卡执拗地看着相反地方向，却没有离开彼此半步。

只有瘦小的弗拉季克不能把目光从还在徐徐升起的太阳那里移开。

"对了，我，"米尔卡用骄傲的口吻说道，"今天凌晨和体育老师约会了。"

第一个笑出来的是尼基托斯和列拉……

图书在版编目（CIP）数据

七年级一班的新年/（俄罗斯）安德烈·瓦连金诺维奇·日瓦列夫斯基，（俄罗斯）叶甫根尼娅·鲍里索夫娜·帕斯捷尔纳克著；金美玲译. — 北京：中国国际广播出版社，2016.10

（中俄文学互译出版项目·俄罗斯文库.少年文学丛书）

ISBN 978-7-5078-3875-6

Ⅰ.①七… Ⅱ.①安…②叶…③金… Ⅲ.①儿童小说—短篇小说—小说集—俄罗斯—现代 Ⅳ.①I512.84

中国版本图书馆CIP数据核字（2016）第187289号

《中俄文学互译出版项目·俄罗斯文库》由中国国家新闻出版广电总局和俄罗斯出版与大众传媒署批准，中国文字著作权协会和俄罗斯翻译学院负责组织实施。

七年级一班的新年

出 品 人	宇　清	
策　　划	王钦仁	
统　　筹	张娟平　祝　晔　李　卉	
著　　者	［俄］安德烈·日瓦列夫斯基	
	［俄］叶甫根尼娅·帕斯捷尔纳克	
译　　者	金美玲	
责任编辑	林钰鑫　李　卉	
版式设计	国广设计室	
责任校对	徐秀英	

出版发行	中国国际广播出版社 ［010-83139469　010-83139489（传真）］
社　　址	北京市西城区天宁寺前街2号北院A座一层
	邮编：100055
网　　址	www.chirp.com.cn
经　　销	新华书店
印　　刷	环球东方（北京）印务有限公司

开　　本	880×1230　1/32
字　　数	173千字
印　　张	8.5
版　　次	2016年10月 北京第一版
印　　次	2016年10月 第一次印刷
定　　价	42.00元